La chica de Mendiburo

La chica de Mendiburo

Adalucía

Ilustrado por la autora

Cholita Prints & Publishing Company

Santa Fe, Nuevo México

PRIMERA EDICIÓN CHOLITA PRINTS, 2007

Cholita Prints & Publishing Co.
PO Box 8018
Santa Fe, New Mexico 87504 USA
Correo electrónico: cholitaprints@comcast.net

Editor: Fernando Quan
Consultor de diseño gráfico: Eduardo R. Quan
Correctora de prueba: Liliana Valenzuela

Library of Congress Control Number 2005910154

ISBN 978-0-9742956-1-9

Impreso en los Estados Unidos de América

NOTA DEL EDITOR
Esta obra es una novela. Los nombres, personajes y acontecimientos son ficticios. Cualquier parecido a personas auténticas, vivas o muertas, y eventos es simplemente una coincidencia, producto de la imaginación de la autora, o son recuerdos distorsionados por el pasar de los años (cuentos) que se confunden en los relatos que dan vida a esta historia.

Para mis padres,
Lope y Lucía,
y para todos los que vivieron
conmigo
en la casona de Mendiburo.
Con mucho amor...
¡Este libro es para ustedes!

Índice

Mañanas

Tardes

Noches

Hace tiempo un recuerdo ronda por mi pensamiento, hace tiempo —y no sé cómo explicarlo— la casona de Mendiburo anda dándole brincos a mi corazón....

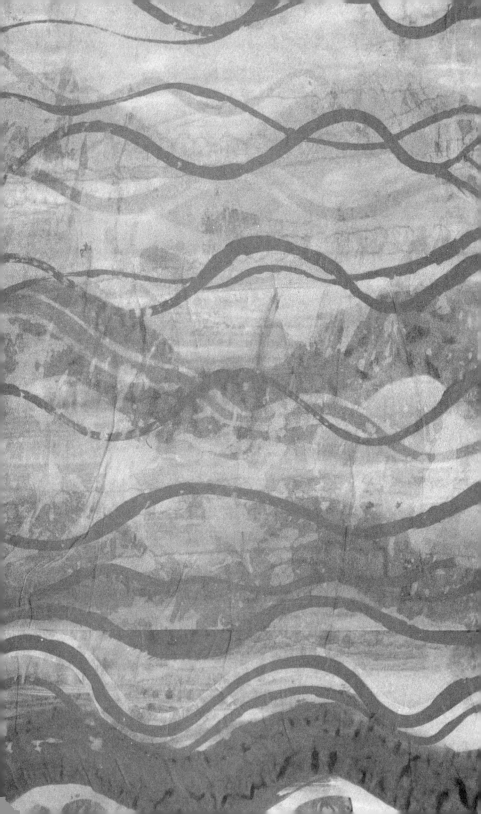

Mañanas

En la mañana azul, al despertar, sentía
el canto de las olas como una melodía
y luego el soplo denso, perfumado del mar,

y lo que él me dijera aun en mi alma persiste;
mi padre era callado y mi madre era triste
y la alegría nadie me la supo enseñar....

Abraham Valdelomar

Soy

Soy María Fernanda de los Altos Muñoz, para servirles.
Pueden decirme Marifer, así me llaman los que de veras me
quieren. Nací en el Puerto de Santa María de los Altos, no muy
lejos de la capital, por eso me llamo María Fernanda de los Altos
y todavía huelo a mar. Cuentan que nací la madrugada de un
viernes frío a finales de otoño, cuando la luna aún no se decidía
a retirarse; ese día, por algún motivo, el sol tampoco salió.
También dicen que al verme tan flaquita y feíta, la luna se olvidó
de su menguante y se escondió. Sin luna y sin sol, por una semana
y más, los amaneceres que siguieron fueron los más oscuros de
la historia de esta nación. Para colmo, por esos días, una espesa
neblina cubrió cerros y tejados y el cielo se mantuvo vestido de
luto, para nada se aclaró. Los astrólogos no encontraron expli-
cación científica alguna: es sólo una coincidencia que esto pasara
la mañana en que nació María Fernanda, decía mi abuelo.
Felizmente, mi fealdad a mi madre no le importó y me quiso
igual.

Para recompensar el designio de la naturaleza, la Divina Providencia se esmeró en proveerme de un maremoto por dentro, una sensibilidad de artista y muchas ganas de vivir. Después, poquito a poco, la naturaleza misma se encargó de embellecerme a su manera: me dio un pelo como el de los camellos, manchado de sol y tierra, una piel tostada natural que iba muy bien con el manchón de luz clara que tenía en mi cabeza, y mis ojos eran como dos grandes almendras sin pelar.

No éramos ni ricos ni pobres. Mi único recuerdo del puerto era el de cómo rechinaban las tablas de madera en el ir y venir de mi madre en la vieja casa de playa. También recuerdo el salpicón de ola que azotaba las ventanas cada amanecer, y los aires de mar que acumulaban la arena en ordenados montículos, los cuales quedaban abandonados en la terraza hasta que yo los pisoteaba después del desayuno.

¿Mi padre? ¡No sé a qué mundo raro escapó! Nunca lo conocí. Nos dejó cuando mi madre quedó esperando a los mellizos. Yo tenía tan sólo dos años y medio, así que no me recuerdo para nada de él. He visto fotos de un apuesto caballero de piel morena, pelo lacio, bien engominado y peinado hacia atrás, de facciones finas, nariz alargada y bigotes oscuros; no me luce como alguien capaz de abandonar a su familia. Mi abuelo Alejandro dice que es un irresponsable, que no pudo afrontar una pequeña oleada en su tumultuoso mar de problemas y decidió irse para siempre, pero esto tampoco lo creo. Yo pienso que algún día regresará y por eso lo espero.

—Ven, por favor, papito… —pido yo cada noche, hablándole por gusto a una diminuta fotografía que ni recuerdos me trae.

Por ahora, lo único que sé es que mis abuelitos y mi tía Rebeca nos acogieron a mi madre y a mí, con abundante cariño y sin hacer muchas preguntas. Cambiaron mi apellido en el Registro Civil: quitaron el de mi padre y me dejaron el nombre del puerto, porque se recordaron de esa tradición de llamar a la gente según el lugar de nacimiento; así olvidaron para siempre al desertor. Mi madre, que en paz y cariño descanse, duró poco. Se le complicó el parto y sólo me quedó Daniel: el mellizo que no se murió.

No duramos mucho en el vejestorio junto al mar ya que, por una buena jugada del destino, mi abuelo materno, don Alejandro Muñoz Gordillo, heredó una gran fortuna destinada a los dos hermanos Muñoz. Así fue como mi abuelito, que era contador, dejó de contar y se dedicó de lleno a la lectura. Mi tía Rebeca, que cosía para ayudarse un poquito, dejó de coser por obligación, pero siguió con el oficio por placer y para mantener las manos y la mente ocupada, y "no tentar al demonio", como decía ella. Mi abuelita, Tomasita Palacios de Muñoz, dejó de llorar, por un tiempo al menos. Se secó sus lágrimas y se interesó nuevamente por su familia, endulzando nuestras mañanas con sus famosas mermeladas que ella misma confeccionaba con frutas frescas y azúcar por montón. Fue entonces cuando nos mudamos todos a Mendiburo, un barrio "bueno" de la capital donde, en una casona señorial, transcurrieron los años más felices de mi vida.

Mendiburo

Vivíamos todos allí, mis abuelitos, mi tía Rebeca y su esposo, mi tío Samuel, mi hermanito Daniel, un mayordomo llamado Teófilo, mi nana Peta, una lora, el tucán Luis Pepe y los peces de la poza del jardín.

Mendiburo era el nombre del barrio donde se encontraba la casona; yo no sé lo que significa ese nombre pero creo que debe pertenecer a algún señor ilustre o famoso, o alguien por el estilo, un general, como tantos que hay, o tal vez un héroe, yo qué sé...

El vecindario de Mendiburo era alegre, con el típico bullicio de barrio de ciudad capital. Por las mañanas desfilaban: panaderos, fruteras, lecheros, afiladores de cuchillos, vende trastes y con algún entierro, una que otra plañidera. Se escuchaban también las campanas de la catedral, que no estaba lejos; si estabas atento, hasta podías oír los gritos y peleas del mercado central, que sí estaba lejos. Si caminabas por la calle tempranito en la mañana, también podías ver un sinnúmero de empleadas domésticas, baldeando patios o barriendo hojas muertas; cuchicheando entre escobazos, comentando las telenovelas y contándose el último chisme de ayer. Las risas de los colegiales se perdían en el chillido de las bocinas de los carros, para luego aparecer, campantes, entre los estridentes sonidos de los frenos de los grandes autobuses y el traqueteo de los motores de los camiones. Una mezcla humeante de ruidos, olores y colores, Mendiburo era un barrio alegre, bordeado de cerros y cercano al puerto, que despertaba los sentidos e invitaba con su encanto a cualquier artista a crear....

Mi abuelo, don Alejandro Muñoz —que desayunaba con el periódico, almorzaba con la radio y cenaba con el televisor— estaba enterado de todo. Él tal vez podría darles los datos completos de la historia y memoria de Mendiburo. Desde que heredó su fortuna, tiene más tiempo libre para enterarse en pleno de los sucesos nacionales e internacionales. Yo más bien me dedico a dibujar y a soñar... En los jardines de Mendiburo se abrió para mí un mundo mágico, un mundo maravilloso de fantasía tan bien disfrazado de realidad, que es aún para mí difícil distinguir lo que es mentira de lo que es verdad. Los invito a seguirme, y a perderse en esos jardines que guardo secretamente en la sinceridad de mi corazón....

Como brisa de playa

Las mañanas se alargaban como brisa de playa en un dolido amanecer. Era invierno. La casona reflejaba orgullosa su brillo matinal de plata fina. Hacía frío. La humedad supuraba por sobre las hendiduras de sus bardas y paredes ya seniles. Era como si el mar me persiguiera... la sal y la arena dejando sus huellas por dondequiera para que no me atreviera a olvidarlo. Una leve llovizna descansaba en mi cabeza mientras cruzaba el patio central que me llevaba al huerto del abuelo. Hoy jugaría en el jardín todo el día: era sábado.

Mi nana Peta

La habitación de mi nana Peta daba al patio central. Vi la luz prendida de su cuarto y toqué a su puerta.

—Soy yo, nana Peta, yo, Marifer...

—Tan temprano, niña, ¿y ya despierta? —reniega con un bostezo mi nana al abrir la puerta; su larga cola de caballo a medio trenzar.

—Ya lo sé, sólo vi tu luz... iba para el jardín.

—¡Ni los pajaritos andan despiertos todavía, niña!

—Tú sí, nana. ¿Adónde vas?

—Voy a misa. Después en mi escapadita traigo la leche pa'l desayuno.

—¿Tan temprano?

—Es que fíjese, niña, que mi Diosito lo escucha mejor a uno cuando toditos están durmiendo, así llevo yo más ventaja, pues.

—Y tu Diosito, ¿no estará durmiendo también? —le pregunto, creyéndome muy sabia, sin ni siquiera haber cumplido todavía los seis años.

—Mi Diosito no se duerme así nomás, niña, yo le hablo todo el tiempo, así me recontraseguro que no le entre el cansancio, pues. ¡Pero mire cómo viene tan destapada, niña, se me va a enfermar! ¿Y su bata? ¿Dónde la dejó? —me regaña mi nana algo alterada.

—No sé —le respondo, alzando los hombros.

—Ay, qué niñita esta que no aprende… —masculla, mientras me abriga con su colchita de lana multicolor, tejida a crochet, y me sienta en su cama recién tendida—. Espérese aquí un ratito, nomás hasta que salga el sol…

Y me acurruco sobre sus sábanas de algodón, que están limpias y tiesas porque se le pasó el almidón; se sienten como esparadrapos gigantes envolviendo su humilde colchón. Mi nana luego se me acerca con una pequeña botella de agua de violetas.

—Pa' que huela rica, mi niña —dice, mientras me la rocía en el pelo, y se seca lo que le chorrea de las manos en el borde de la sábana.

—Gracias, nanita, ¡te quiero mucho, mucho…! —le digo abrazándola muy fuerte, y no la suelto.

—Y yo a usted, mi niña Marifer —responde zafándose—. Pero, déjeme irme ya que se me hace tarde; le prometo que despuesito me consigo un tiempito pa' que juguemos en el jardín.

Así era mi nana Peta. Mi nana rezaba mucho y, cuando no rezaba, hablaba ella sola, conmigo y con todo aquel que se le pusiera enfrente. Su nombre de verdad era Ruperta o Rigoberta o algo así, pero como yo de bebita no podía pronunciarlo, le decía Peta, y con ese apodo se quedó. Ella era una india delgada pero fortachona, nacida en la selva amazónica, y no sé cómo fue a parar a la capital. Lo único que le quedaba de su ancestro forestal era su carácter fuerte y su trenza negra y gruesa que le acariciaba la espalda y le llegaba hasta la cintura. De chiquita le dio viruela y su cara quedó por siempre marcada con hoyuelos como de piña madura, pero a mí nada de eso me importaba. Tampoco me importaba su diente de amalgama plateado, que para muchos era repugnante pero para ella era su orgullo porque lo creía de plata puro. No le alcanzó el dinero para hacérselo de oro y por ahora se conformaba con ése, que la sacó de apuros para no verse desdentada. Lo mostraba con cada sonrisa y, como eran muchas, por la calle le decían: "Rupis, la de la boca plateada". Secretamente mi nana ahorraba su dinero para cambiarse el diente por uno mejor de oro puro.

Mi nana Peta era mi nana buena, el angelito que me cuidaba… Creo que ella, a falta de amor, llenaba su vida con palabras. Su marido era un borrachín bueno para nada, que nunca estaba en su casa, y cuando llegaba la destrozaba entre borracheras y enojos. Hasta que un día, mi nana le dijo: "Ya no te aguanto más". Y se desapareció del mapa metiéndose de sirvienta, y así ya no tuvo que soportar más abusos y berrinches del tomador empedernido.

Su hijo, el joven Javier, ya tenía diecinueve años en ese tiempo, se le había ido por ahí porque había salido igual que el padre de vago, y para nada se ocupaba de la mamá. Sólo la buscaba cuando necesitaba dinero y después se desaparecía por meses, pero mi nana Peta no perdía la fe en él.

—Ya verá, mi niña, que un día le va a entrar con ganas a la chamba. Así lo crié yo, como Dios manda, ya verá, niña…

Y luego mi nanita me decía adiós con su genial despedida…

—Me voy y te dejo como triste conejo: ¿a quién daré consejo?

—¡Al ratón sin pellejo! —contestaba yo riéndome, tapándome mi cara de niña engreída con su colchita de lana multicolor que olía a puro monte, a ella.

Mi tío Samuel Arzuleta

Mi tío Samuel está casado con mi tía Rebeca. Él es mi tío político, como se dice, pero también es mi padrino de bautizo. Yo lo llamo padrino o tío Samuel indistintamente, pero no siempre se llamó Samuel. Su madre era judía y le puso por nombre Saoul, pero como su padre era un cristiano llamado José Manuel Arzuleta, la colonia judía nunca vio con buenos ojos el casamiento. La mamá de Saoul terminó olvidándose de su religión y acogiéndose a la de su marido. Años más tarde, cuando la madre judía murió, Saoul empezó a firmarse con el nombre de Samuel Arzuleta, el cual consideraba un poco más discreto, pero lo escogió bastante similar para que el cambio pasase desapercibido, y de su apellido, por supuesto, ni se ocupó.

Con el nombre menos llamativo de Samuel lo conoció mi tía Rebeca cuando tenía ella tan sólo diecisiete años. Cuando yo nací, mi tía Rebeca ya estaba casada con Samuel Arzuleta. De tres días de nacida me bautizaron esos tíos: convirtiéndose para siempre en mis divinos protectores. El cuento de mi padrino es que siendo yo muy tiernita y aún en el hospital, volví mi carita para ver al bajito pero buen mozo tío; él me guiñó el ojo y desde entonces somos inseparables, como dos estrellas gemelas en un infinito eterno. Y aunque de sangre tratándose, él no es nada mío, su amor incondicional fue como un torrente mágico que arrasó con mis miedos. Yo siempre fui la hija que él no tuvo, y él fue mi guía, el trozo del alma valiente que siempre anhelé tener.

Las hermanas

Mi tía Rebeca y mi mamá eran primas hermanas, pero se criaron como verdaderas hermanas. El papá de mi tía Rebeca murió cuando ella era todavía una niña. Su mamá, mi tía abuela Concepción, quedó viuda con dos hijas: Rebequita de diez años y su hermana mayor, la tía Lucrecia que ya era una señorita como de unos dieciséis años. Cuentan que por esa época, unas lluvias torrenciales azotaron el norte del país, donde ellas vivían, llevándose consigo todos los sembradíos, las cosechas, los ranchos pequeños y la mitad de las ilusiones de la población. El hambre y la desolación reinaron en la zona. Era impresionante el olor nauseabundo por la pestilencia del maíz podrido y de los ratones ahogados. Los primeros indicios se dieron después de tres días de lluvia, cuando la ropa en los cordeles no se secaba. Mi tía Concepción, en su angustia, metió los cordeles dentro de la casa, estaba tan ofuscada por la chorreadera insoportable de agua que no se le ocurrió nada mejor.

—Traigan todas las toallas que encuentren, niñas, así no se nos dañan los pocos muebles que tenemos y podemos dormirnos más secas —ordenó calmadamente mi tía.

Después de cuatro días, cuando ya se habían acostumbrado a la humedad y a las goteras, apareció por toda la casa una sombra verde que crecía desmesuradamente por las paredes.

—¡Ay, Dios, es moho! —observó mi tía Concepción espantada. Del moho creció una hiedra y después hasta salieron unas florecitas pequeñitas, blancas. Las muchachas estaban felices con el nuevo empapelado que decoraba ahora todas las paredes del humilde hogar, pero el susto vino después cuando a mi tía Rebeca le dio asma y una neumonía fulminante que, si no fuera por los antibióticos injectados que proporcionara la Cruz Roja, casi se muere.

—Llévesela a otro lado, señora —le aconsejó la enfermera a mi tía abuela—. Si la deja en esa casa floreada se le va a enfermar otra vez y puede que de la recaída no salga entera para contarlo.

Y así fue como a mi tía Rebeca la mandaron al Puerto de Santa María de los Altos, donde vivían mis abuelos. Tomasita Palacios de Muñoz, la que ya conocen como mi querida abuelita famosa por sus mermeladas, era la hermana de mi tía Concepción y su único familiar vivo.

—Mándela sin pena, que aquí se la cuidamos Alejandro y yo —le dijo mi abuelita a su hermana.

Así fue como mi tía Rebeca fue a parar a casa de mis abuelos. Rebeca era unos dos años mayor que mi mamá pero se hicieron íntimas amigas en un instante, y se quisieron como si de verdad fueran hermanas.

no salga entera para

no pueda librarse de

esta (para

(contarlo)

El jardín encantado

El jardín era enorme. Tempranito por la mañana y sin importarnos siquiera el lloriqueo de las nubes, salíamos mi abuelo y yo al pequeño huerto: me gustaba el olor a mar lejano que despedía la tierra antes de que la mañana despertara por completo. El huerto no era gran cosa, creo haber visto en alguna ocasión una que otra lechuga y tal vez algunos rábanos; pero de lo que sí me recuerdo, es de recoger fresas deliciosamente sucias pero dulces y tan sabrosas, como que estaban repletas de sol suspirando amanecer. Yo buscaba como quien busca un tesoro perdido cada uno de los diminutos frutos.

—¡Saben a purita tierra, abuelito! —le digo entusiasmada con mi hallazgo mientras lamo una fresa pequeñita.

—¡Ni las pruebes todavía! —exclama con inquietud mi abuelo al ver que tenía ya una fresa entre mis labios.

—¿Ni una?

—¡Ni una, ni dos! ¡Hay que lavarlas, vas a enfermarte! Mira, ésas están muy verdes, deben quedarse en la tierra un tiempo más. La naturaleza es muy sabia, María Fernanda, nos enseña paciencia. Todo a su tiempo, hay que esperar... Tú, por ejemplo, algún día serás mi lindo bastoncito, pero por ahora debes esperar hasta que me vuelva viejito...

Yo lo abrazaba y me reía, y él también se reía. Entonces nos paseábamos por el huerto, yo saltando por los raquíticos sembradíos, él inspeccionando orgulloso el crecimiento de sus rábanos. Luego recitábamos su ocurrente estrofa: "Y salíamos juntitos, de la mano agarraditos, él, como un enamorado jovencito y yo, indiferente, como vieja..."

Mi abuelo era tan sabio como la naturaleza misma. Felizmente, sus consejos han quedado tallados, como en un mármol liso, en los rincones de mi memoria. Además, él era la única persona que me llamaba siempre por mi verdadero nombre: mi abuelo no concebía los apodos.

—Tu nombre es precioso, María Fernanda, yo te llamaré siempre así. Me parece que lo escogimos porque Fernanda quiere decir amante de la vida... ¿o de las aventuras? Bueno, no me recuerdo exactamente... pero ¡ése es tu nombre!

Y la verdad era que, de vez en cuando estaba bien escuchar mi nombre enterito como me lo escogieron mis padres y mis abuelos al nacer.

Atrás del huerto había una covacha polvorienta, donde jugaba a los vaqueros con mi hermano Daniel, pero uno tenía que pasar primero por las jaulas gigantescas de la lora y el tucán. Éstas eran dos cuartos transparentes de alambre, por donde se enredaba un follaje torcido y denso, para que no extrañaran esos pajarracos su pasado selvático. Al fondo de la covacha, y bordeando toda la parte trasera del jardín, se alzaban derechitos unos árboles de bambú y luego, más al centro, había un enorme árbol de albaricoque, que una vez al año cuando daba fruto, bañaba con su sombra de almíbar naranja un gran pedazo del monumental jardín. Además existía un manzano, que se llenaba de unas manzanitas verdes ridículas pero muy sabrosas, y también había un diminuto limonero, donde descansaban los pájaros viajeros cuando sus alitas les pedían sosiego.

Existía un caminito de piedra para ir de la covacha a la poza encantada, pero había que pasar primero por debajo de un gigantesco árbol de mora. Me encantaba ensuciarme las sandalias con ese lodo festejado de morado y fucsia; probaba una que otra mora, para no perder la costumbre del sabor embriagante de una mora acabadita de caer. Al rato, ya empachada de sabores y olores que penetraban tiernos en mi alma de niña, corría hacia la poza; me quitaba las sandalias sucias y pegajosas del festín morado y, metiendo los pies en el agua verdosa y resbaladiza de algas, dejaba que los pequeños peces revolotearan por mis tobillos. Eran las más ricas cosquillas ese sentir a tan inocentes criaturitas estrellándose contra mis pies, tan desentendidas de la suerte que les tocaría correr. /Uno que otro pez saltaba fuera del agua, cayendo sobre mis piernas o aplanándose en las lajas que rodeaban la rústica poza: dependían totalmente de mi caridad. Yo debía recogerlos y tirarlos nuevamente a la vida. Cuántos de esos infelices peces quedarían olvidados, pudriéndose tristemente bajo el sol matutino....

Ahora me horrorizo al pensar en las maldades que quedaron secretamente guardadas en ese jardín y sobre todo en esa poza. Si estaba encantada o no, me es difícil saberlo... La pura verdad es que siempre le tuve un profundo respeto. Mi tío Samuel decía que un derrocado monarca de los sapos, proveniente de la Laguna de las Cascabeles, vivía allí y que salía por la madrugada a llorar sus penas; se sentía inútil y muy solo porque alguien más gobernaba en su lugar. Por eso el agua de la poza nunca se secaba, y es que se llenaba, cada mañana, con sus lagrimones amargos. También por eso nunca debería tomar de esa agua, o me volvería tan fea y arrugada como el tal sapo; nadie me reconocería y tal vez hasta tendría que vivir en la poza, sirviéndole de criada al deprimido rey. ¿Creen ustedes todo esto? Yo tampoco lo creía, entonces mi padrino me cambiaba la historia.

—Está repleta de agua encantada, Marifer, porque cada amanecer se escurre entre los bambúes una dulce señora que se sienta al pie de la poza a llorar sin consuelo —me contaba esto en su tono más serio.

Sí, puedo asegurarles que escuché muchas veces un gemido, no sé si del rey sapo o de la dulce señora. Me asustaba tanto que me olvidaba hasta de mis sandalias y salía corriendo a refugiarme en los brazos de mi tía Rebeca, dejando desolados a muchísimos pescaditos. Llevo todavía en mi conciencia el pesar de haberle fallado a esas minúsculas criaturitas que esperaban mi salvación. Nunca más he matado nada a no ser que haya sido una hormiga brava o una araña súper venenosa. Tampoco tomé nunca el agua de la poza, porque aunque sabía que las historias de mi tío Samuel eran casi todas inventadas, siempre dudé lo de la señora. Pensaba que esa poza llena de lágrimas me contagiaría su tristeza, y que todos los amaneceres yo también lloraría mis penas y convertiría mi cuarto en una gran piscina olímpica. Así pensaba yo.

—Tía Rebeca, ¿tú sabes quién es la señora de la poza? —le pregunto esta mañana.

—Y ahora, ¿qué cuento te ha metido en tu cabecita tu padrino? No sé de dónde inventa esas historias Samuel —responde alterada, pero luego se calma tratando de no darle mucha importancia al asunto.

—Pero… ¿quién puede ser? —insisto después de contarle la historia de las lágrimas.

—Puede que sea alguna madre que llora por sus hijos —por fin contesta mi tía Rebeca, al verse acorralada y por decir algo que por lo menos tuviese sentido, sin alterar más mi imaginación, que ya volaba.

—Como mi mamá, ¿verdad, tía? Háblame de mi mamá….

¿Con quién soñaste, padrino?

—¿Con quién soñaste, padrino? Con Aguamarina, ¿verdad? —le pregunto yo todas las mañanas en cuanto lo veo salir de su dormitorio.

—No, anoche soñé con Berenice y Calisteña. Aguamarina todavía no ha regresado de su viaje exótico por el Oriente, está visitando la China, la India y el Japón.

—De veras, padrino, ¿con quién soñaste esta vez? —insisto, porque sus sueños tan singulares me transportan a mundos fantásticos donde soplan vientos misteriosos de ilusión y de aventura.

—Vamos al jardín y te cuento.

Cada mañana lo mismo: yo le contaba mis pesadillas y mi padrino me contaba sus sueños. Me tomaba mi mano pequeñita y me llevaba a la terraza que daba al comedor, luego nos sentábamos en los escalones de piedra mirando juntos hacia el inmenso árbol de mora, mientras yo escuchaba sus increíbles relatos recostada sobre su regazo.

Las ocurrencias de mi tío Samuel se pasaban de geniales: Berenice era el hada buena que siempre estaba en conflicto con Calisteña que era el hada mala, juntas se embarcaban en aventuras formidables donde ambas competían, enfrentándose a innumerables y aterradoras pruebas. Y claro, la más poderosa e ingeniosa finalmente triunfaba, pero el sueño, por lo general, quedaba inconcluso, porque mi padrino me lo contaba en capítulos que continuaban de mañana en mañana como una telenovela.

¿Quién era Aguamarina? Aguamarina era sólo la ahijada ficticia de mi padrino, que muy a menudo lo visitaba en sus sueños. Ella, a la vez, era como una sombra que nos acompañaba a todas partes. Aguamarina siempre estaba en competencia directa conmigo porque hacía todo mucho mejor que yo. Ella nadaba mejor que yo, recitaba los poemas mejor que yo, era la primera de su clase, y estaba previsto que cuando creciera, iba a ser economista como mi tío Samuel. Cuando le preguntaban a Aguamarina qué quería estudiar de grande, ella contestaba sin titubear: "Ciencias Económicas, por supuesto". Esto me reventaba el hígado, oírla hablar así, con tanta seguridad de algo que yo ni siquiera sabía lo que significaba. Después me recordaba que Aguamarina sólo existía en la imaginación de mi padrino y esto me tranquilizaba un poco; pero es que era tan real la fregada….

Si los personajes inventados por mi padrino eran ingeniosos, sus sueños eran aún más fenomenales; lástima que los recuerde tan vagamente, era yo tan jovencita… ¡Qué malo es depender de la memoria! Calisteña seguramente se encargó de que yo no me recordara de nada. Y Berenice, ¿dónde estaba la dulce de Berenice cuando yo más la necesitaba? Y claro, la encantadora

Aguamarina: talentosa, hábil, estudiosa, buena para los deportes y las matemáticas. Sí, la guapetona de Aguamarina se la pasaba recorriendo el mundo, viajando a sus anchas, aprendiendo idiomas y quién sabe cuántas cosas más. Y yo aquí, sin poder recordarme de los maravillosos sueños de mi padrino, extrañando tanto esas mañanas tiernas, cuando el olor a pasto fresco y el rocío salpicado en mis pies refrescaba mis sentidos; transportándome a bosques lejanos, a montes y laderas con pinos parejitos que se recostaban uno contra otro como mejores amigos. Me veo siguiendo las diminutas hormigas, que se dirigen, paso firme, hacia los bambúes; éstas eran las protagonistas incansables de tantos de los sueños de mi colosal padrino. Si tan sólo las hormigas recordaran... Si tan sólo éstas me contaran... ¿Con quién soñaste, padrino?

Teófilo

Teófilo es más bueno que el pan francés acabadito de hornear. Llegó a trabajar con mis abuelos cuando era un muchacho como de unos veintitrés años, aunque antes había estado trabajando en la hacienda de un pariente de mi abuelo, pero sucedió una tragedia y así fue como vino a parar con nosotros.

—Es buen muchacho; es rápido, honesto, muy trabajador y tiene un corazón de oro —dijo el pariente.

—No se preocupe, queda en familia —contestó mi abuelo.

—Muchas gracias, don Alejandro —continuó el pariente—. No quisiera dejárselo porque es mi mano derecha, pero es que anda algo traumado, su mejor amigo acaba de morir y no quiero que vuelva por la hacienda, al menos por un tiempo prudente.

Y se fue el pariente, dejándole a mis abuelos a uno de los hombres más nobles que he conocido en toda mi vida.

El tiempo prudente se hizo semanas, luego meses y años... Teófilo se acomodó muy bien en su nuevo hogar; le dieron el título de mayordomo y eso le agradó... Años después, cuando mi familia se mudara a Mendiburo, también le gustó el cuartito que le proporcionaron en la azotea de la casona. Había que subir por unas escaleritas minúsculas de cemento, que se curvaban peligrosamente con cada escalón y no había pasamanos, pero ya estando arriba la vista de la ciudad era realmente impresionante.

Teíto, como yo le decía, me mostraba orgulloso su cielo inmenso, que descansaba sobre todos los techos de Mendiburo, algunos de éstos muy desmejorados con el torrente de los años: había techos de latón, oxidados y destartalados, otros carcomidos por las lluvias, enseñaban sus entrañas de maderas podridas y, en medio del vejestorio, se asomaban unos pocos techos de tejas nuevecitas, los de las recientes construcciones. También se veían las azoteas de los vecinos, donde colgaban en los cordeles sus sábanas blancas, y se mecían muy a gusto calzones de todos los colores, medias, camisetas y montones de trapos arrugados, que bailaban despreocupados bajo el sol matutino. Luego te deslumbraba la claridad del cielo, como una estupenda bóveda apacible, que se desplegaba eterna y brillante.

—Mire, niña Marifer, éste es mi mundo, esta ciudad y el cielo enterito son míos.

Con mucha razón lo decía, porque por ser tan bueno, cielo y tierra lo querían.

—Cuéntame de tu amigo, Teíto —le pedía yo cada vez que visitaba su azotea.

Entonces entrábamos a su modesta pero limpia habitación, donde sólo había un catre angosto y junto a éste, una mesita de noche sosteniendo una taza tosca de arcilla con dos retoños de bambú. Antes de empezar con su relato, Teófilo dejaba que yo les diera a sus tiernos tronquitos un baño con el agua de lluvia que se acumulaba en las canaletas de la azotea, y que él coleccionaba metódicamente en una jarrita de hierro enlozado. Luego, de un pequeño nicho cavado bruscamente en el adobe de la pared, tomaba Teófilo su más sagrada posesión: un pocillo blanco, pequeñito, de una porcelana finísima japonesa, decorada sutilmente con diseños en tonos de azul cielo y azul mar. Siempre empezaba su relato de la misma manera y con el pocillo de porcelana en sus manos.

47

—Escuche, niña. En una aldea pequeña, en una isla que está muy lejos allá por el Japón, hay un poblado llamado Arita en donde hace cuatrocientos y qué sé yo cuántos años más, se viene haciendo este arte tan bonito de la porcelana; este tazón viene de ahí. Dicen también, que Arita está muy cerca de un puerto llamado Imari. Cuentan que aun en los tiempos cuando el Japón se mantuvo como un hongo de solito y cerró sus puertas y fronteras a todos sus vecinos, la porcelana arita todavía pudo lograr escaparse por Imari y llegar hasta los palacios de los reyes más ricos de las Europas. Y cómo admiraban esta porcelana, niña, viera... Decían, pues, que era la mejor porcelana del mundo y hasta valía más que el mismísimo oro.

Luego me mostraba un mapa viejo, hecho añicos de tantos dobleces que tenía, pero donde todavía se distinguía la famosa aldea de Arita. Me había contado la historia y enseñado ese mapa cientos de veces, pero me encantaba el brillo tan especial que mostraban sus ojos cuando hablaba del pequeño tesoro que le dejara su amigo. Teófilo llevaba su antepasado indígena con mucho orgullo; en sus rasgos faciales se revelaba ese pasado de honor y lucha. Su nariz era aguileña, más bien como de cóndor diría yo, sus ojos oscuros y profundos parecían estar sumergidos, rodeados de las grietas de su piel ya muy maltratada por los vientos de los años; su pelo era grueso y negro como crin de caballo salvaje, pero su cara entera mostraba bondad y humildad, y también la tristeza de un pasado glorioso que no pudo ser....

Después Teófilo guardaba el mapa debajo de su catre y seguía con su relato.

—El tazón lo hizo el tío de mi amigo Kotaro Yamamoto, yo por respeto siempre lo llamé Kotaro-*san* o, como se diría en español, Sr. Kotaro. La familia Yamamoto vivía en Nagasaki, pero por cosas del mismito destino, unos parientes habían llevado al bebecito de Kotaro a que lo conociera el resto de la parentela en Arita, cuando fíjese, pues, que estalló el bombazo. ¡Fue bárbaro, niña, dicen que la destrucción en Nagasaki fue impresionante! Mejor no le hablo de los horrores desa guerra tan cruel, niña, pa' que la asusto... El desdichado del Kotaro se quedó de un día pa' otro sin sus papacitos y ya ve que de puritito milagro se salvó. Así fue como un tío decidió criarlo y le enseñó a trabajar la porcelana, como le contaba, pues, que era la tradición desa zona. Pero el Kotaro era muy inquieto y sépase por qué, no llevaba el arte en su sangre; lo llamaba más la aventura, y quería irse bien lejos... A los veinte años le dejó una nota al tío diciéndole que se iba para las Europas en un barco holandés y que pronto le avisaría por dónde andaba. Lo único que se llevó, bien envueltito en su bulto de ropa, fue su tazón arita que el tío le había regalado al cumplir dieciocho años. Y el Kotaro, ay, se equivocó, niña, y se escurrió en el barco que no era, uno que venía de la China camino a las Américas y por eso nunca más llegó a las Europas.

—Y se confundió entre tanto chinito, ¿verdad, Teíto? —interrumpía yo, orgullosa de saberme el cuento.

—Bueno, mejor dicho, lo confundieron, niña, y lo dieron por chino y así fue como el Kotaro llegó a parar, pues, a la hacienda del pariente de su abuelo, y allí lo conocí yo.

—Sí, ya sé que después se hizo tu mejor amigo. ¿Cierto?

—Sí, mi amigo inseparable hasta que le dio esa disentería que me lo mandó a la otra... se deshidrató el pobrecito y se me murió, pues. Por más que le ponía compresas de agua en la cabeza, no dejaba de sudar peor que futbolista de medio campo, y temblaba, ay, niña, fue feo lo que le pasó, muy feo....

Y mi Teófilo se quedaba pensativo: se le aguaban sus ojos buenos, y sus inmensas pestañas tiesas se le empapaban de llanto; luego, con palabras entrecortadas seguía con la historia del japonecito.

—Lo cuidé pues, por nueve días y diez noches, hasta que la ingrata muerte pudo más que yo y se lo llevó... ahí donde Diosito, pues, pienso yo.

Teófilo entonces bajaba la cabeza en señal de reverencia al amigo, esperaba unos segundos y seguía con el relato.

—Ya muriéndose, el Kotaro dijo que me dejaba lo único que le quedaba de su gente y de su pasado oriental. Esto, pues, me dejaba su tazón, niña —explicaba, mientras me mostraba la pequeña vasija, tan orgulloso como si él mismo la hubiese moldeado—. Mire qué perfecto el tazón, parejiiito... El tío del *Kotaro-san* era un verdadero experto.

—Sí...

—Pero venga, siéntese aquí, niña —decía, alcanzándome el único banquito que tenía en su habitación.

Y me daba el tazón, cuidándolo como si fuera hecho de oro puro.

—¡De veras está lindo tu tazón, y qué livianito! Además me encantan estos bambúes que tiene pintados, se parecen a los tuyos...

—Y mire la transparencia, niña, présteme le muestro algo.

Salía con el tazón a la azotea y dejaba que la mañana le avisara los augurios de ese día.

—Hoy será un día muy bueno —explicaba mientras levantaba el pocillo hacia el cielo—. Mire nomás el reflejo que ha dejado el sol aquí arriba del diseño del bambú, mire nomás...

—Sí, Teíto —contestaba por educación, pero yo no veía más que unos bambúes azules sobre el fondo blanco de la porcelana, porque el reflejo del sol me cegaba.

—Mire, niña Marifer, déjeme enseñarle, pues —finalmente concluía.

Y su voz se tornaba aún más seria de lo que normalmente era.

—Pues, como le decía, niña, la vida es como este tazón; está llena de sorpresas, según como nos pegue el sol, así será nuestro vivir… No hay que combatir los rayos del sol, sólo observarlos, poquito, y dejar que éstos nos guíen.

—Teíto, ¿tú piensas que Kotaro-*san* te ve desde el cielo?

—Sí, niña, eso es justito lo que pienso, también pienso que usted es muy sabionda, pues, pa' ser tan pequeñita —decía halagándome.

Y me trepaba en su banquito, y juntos colocábamos de regreso el tazón en su lugar, en el áspero nicho, al lado de la foto color sepia de Kotaro-*san*, que se opacaba con el resplandor del valioso tesoro.

La cocina huele a rancio

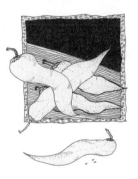

Tempranito por la mañana, si uno es el primero en entrar a la cocina y si todavía Teófilo no ha colado el café, te huele todo a rancio; nunca supe por qué. Para mí, que la señora que se sienta en la poza a llorar tiene algo que ver con todo esto. Todos en esta casa hablan de penas y de tristezas: hasta cuando se refieren a los chiles, los ajos y las cebollas. La Balta, que es nuestra cocinera "cama por fuera", o sea, que no duerme en la casona, dice que por las noches las penas se le escapan a esos chiles, ajos y cebollas, y el olor a tristeza invade toda la cocina. Según ella, ése es el olor a rancio que descubrimos en las mañanas, y que ni la canela entera, la cual deja religiosamente en un platito sobre la mesa, logra disimularlo. La Balta dice también que podrían ser las penas de todos los niños de Mendiburo, que durante el día esconden entre juegos y risas y, en las noches, aparecen para darles pesadillas y no dejarlos dormir… La oscuridad confunde las tristezas, y llegan hasta este cuarto para refugiarse entre las sartenes que quedaron olvidadas, remojándose en el lavadero desde el día anterior.

A pesar del olor, la cocina me encanta, sobre todo me gusta la mesa que está en el centro; es de color verde claro y su vejez es imponente y clásica. Con decirles que sus cuatro puntas ya están redondeadas de tanto roce y roce, soba que soba. Yo pienso que en esta mesa tan gastada, sus grietas deben esconder muchas recetas de cocina que nunca nadie conocerá. ¿Y qué otros cientos de secretos guardará en sus hendiduras, cuántas historias contadas por los criados a espaldas de los amos, cuidará celosamente esta mesa tan sabionda?

—Pero ¿qué hace aquí tan requetetempranito, niña Marifer? —me pregunta Teíto al entrar a la cocina olorosa a penas.

—Vine a acompañarte.

—Ah, eso está muy bien, niña, vamos a colar el café, pues.

—¿Te ayudo, Teíto?

—Espérese, niña, póngase su mandilito primerito que nada, no se me vaya a ensuciar.

Me siento en un banco de madera, que fue blanco en sus buenos tiempos y ahora está amarillento y cojo. Me muevo de un lado a otro, meciéndome sin parar, arrimando mi pequeño cuerpo hacia la pata que anda mal porque así el balanceo es mejor.

—¡Cuidado, niña, en una desas se me cae, pues, y cómo la voy a arreglar! Al banco destartalado lo puedo componer, pero ¿y a usted?

—¿A mí? ¡A mí me han dicho que nadie me compone, Teíto!
—le contesto bromeando, pero así y todo le prometo no mecerme
más.

Teófilo va de aquí para allá, deslizándose como un viento
suave, y yo sentadita sin hacer nada, como una distinguida dama
perteneciente a saber qué corte real, con mi mandilito impecable;
entretenida observando a este hombre tan humilde y tan sencillo,
tan concentrado en sus faenas: exprimiendo naranjas, llenando el
azucarero, poniendo la mesa y preparando todo con tanto esmero.
Y el café ya se coló; el olor te atonta de buena manera. El aroma
envuelve la cocina impregnando todos sus rincones hasta aburrir
el olor rancio que ya quedó olvidado en el monte, olvidado en esa
ceja de selva, donde bajo la sombra de los árboles y el canto de
los pájaros, se ha cultivado el café que mi Teófilo coló.

El desayuno del abuelo

Era toda una ceremonia el desayuno del abuelo. Se lo preparaban entre Teófilo y mi nana Peta. Como mi abuelo era el primero en levantarse, también era el primero en desayunar. Como vimos, Teófilo ha colado ya el café y mi abuelo lo espera en el desayunador con el periódico en la mano. Tiene su camisa blanca bien almidonada, su corbata con su nudo perfecto y usa tirantes, porque ya no soporta que una correa le apriete la barriga. Está oloroso a agua de colonia y a limpio; su firme aunque dulce mirar se pierde de pronto en medio de sus pensamientos, y se nota en esos ojos de bondad, un cansancio sublime por todo lo que han visto; su porte de sabio, su sonrisa siempre esperándote, así era mi abuelo Alejandro.

Teófilo le lleva el enorme vaso de jugo de naranja que acaba de exprimir: está dulce y sabe a puro cariño. Yo siempre pensé que las manos de Teófilo eran mágicas, que irradiaban una fuerza sobrenatural, ahora sé que era el amor con el que ese hombre hacía los más simples quehaceres cotidianos, lo que les imprimía ese don tan especial. En fin, se tomó ya mi abuelo su jugo y ahora le traen su gran tazón con una mazamorra cremosa de arroz, calientita y dulzona, acabadita de preparar por mi nana Peta, que llegó corriendo de la calle con la leche para el desayuno.

Luego se asoma Teófilo con un banano pelado y partido a lo largo en dos, como en heladería, y después de que mi abuelo se encarga de buscar la insignificante vena que tiene el banano en el centro, y quitársela, no vaya a caerle mal, le rocía, él mismo, una o dos cucharadas de azúcar. Así se come mi abuelo su banano azucarado, con tenedor y cuchillo porque no toca nada con las manos. Ahora ya le traen sus dos huevos tibios, hervidos tan sólo un minuto y cincuenta y cinco segundos exactamente, cosa que cuando él quiebre la cáscara, podrá remojar en la yema aguadita el pedazo de bolillo estilo francés que el panadero acaba de traer/ ¡No le pongan mantequilla! Por nada la prueba: queso mantecoso sí, mantequilla, no. Los bolillos franceses no son muy grandes, por eso necesita un bolillo y medio para comerse sus huevos, la mitad que le queda la guarda para remojarla luego en su café con leche; ya vamos llegando a la etapa final del desayuno. Mi nana Peta le lleva su gran taza de leche caliente y Teófilo la sigue, trayendo en una jarrita el café recién colado, para que mi abuelo se lo prepare a su antojo.

—¿Todo bien, don Alejandro? —le pregunta de manera cortés mi Teíto.

—Sí, gracias, está todo bien: ya puedes retirarte —contesta mi engreído abuelo.

Y yo, que he estado sentada a su lado observando el espectá-culo, no le quito la vista a las migas de pan francés que mi abuelo ha separado cuidadosamente en su platito.

—¿Terminaste, abuelito? —le pregunto ansiosa.

—Sí, ya terminé, y tú, ¿ya desayunaste, María Fernanda?

—Después mi nana Peta me sirve, abuelito. Ya sabes que tengo que hacer algo muy importante ahora.

Y me acerca su platito con las migas de pan que le sobraron de sus bolillos, y juntos fabricamos unas pelotitas ridículas con la suave masa; era nuestro ritual de cada mañana.

—¡Ya está! —dice mi abuelo.

—¡Gracias, abuelito!

Y corro al jardín a llevarle este manjar delicioso a los pajaritos, que seguramente me esperan impacientes desde hace rato.

La mazamorra de arroz

¿Les han servido alguna vez una mazamorra calientita y dulce que se les pega dentro de sus barriguitas como si fuera una segunda piel? Ésa es la mazamorra que prepara por las mañanas mi nana Peta, y es su especialidad. Ella no es la cocinera oficial, pero como la Balta no llega hasta las diez o las once de la mañana, el desayuno es la responsabilidad de mi nana y de Teófilo. La receta de la mazamorra de arroz es un gran secreto. Sólo Teófilo y yo sabemos todo lo que lleva dentro, porque vemos cuando mi nana la prepara cada mañana. El ingrediente principal es el arroz, por supuesto. Desde la noche antes, mi nana deja el arroz remojando en agua para que por la mañana ya esté suavecito, luego lo pone a hervir con dos trozos grandes de canela entera y un buen pedazo de caña de azúcar sin pelar, usa el tronquito entero, porque dice mi nana que en la cáscara están todas las vitaminas. Todo esto hierve por dos horas, desde las cinco hasta las siete de la mañana, que es cuando regresa mi nana de misa y de hacer sus otros mandados.

—Ahí se la encargo, Teófilo, déle unas vueltecitas con la cuchara de palo si ve que está pegándose, gracias, pues, ya vengo en un ratito —le recomienda mi nana con un pie en el portón de salida.

—Aquí le cuidamos su mazamorra la niña Marifer y yo, ya váyase tranquila, Ruperta —contesta el amable de mi Teíto, guiñándome el ojo.

Cuando regresa mi nana de hacer sus mandados, trae siempre una canasta grande con tres pomos de leches diferentes: leche de vaca, leche de cabra y leche de burra. La leche de vaca la compra en el supermercado. La leche de cabra la venden en el mercado central. Una comadre de mi nana lleva tempranito a sus tres cabras para ordeñarlas delante de la clientela, que espera paciente su botellita de leche tibia. La gente llega de muy lejos a comprar este néctar con sabor a aire fresco de montaña. Siguen llegando los clientes hasta como las once y cuarenta y cinco de la mañana, que es cuando las pobres cabras se hartan y no dan más leche, pero como mi nana es siempre una de las primeras en la fila inmensa de estoicos madrugadores, este problema no le incumbe. Conseguir la leche de burra es aún más complicado: debe de tomar un autobús que la lleva hasta las afueras de la ciudad, al rancho de su primo que cría burras. Esas burras malgeniosas se esconden en el monte, sobre todo cuando los días amanecen nublados, y a mi pobre nana le toca esperar a que el primo dé con ellas para ordeñarlas. En fin, ya que consiguió las tres leches, lo demás resulta fácil. A ese ollón de agua y arroz, donde se ha deshecho por completo el grano, de tanto hierve que hierve con la caña de azúcar y la canela, ahora mi nana le echa las tres leches. También le agrega una cucharadita de sal y otro ingrediente importantísimo que nunca debe faltar: la vainilla entera que mi nana Peta remoja, desde el domingo por la mañana, en el vodka importado de mi tío Samuel.

—¡Y mejor que ni se entere don Samuel! —le advierte mi nana a Teófilo.

—Sí pues, y es que últimamente, don Samuel ha estado quejándose de que su vodka le sabe raro, y que si los rusos le han cambiado la receta, y que si va a escribir a la compañía embotelladora, qué sé yo dónde, en las afueras de Moscú, pa' que sepan que hay un cliente muy descontento con el cambio —le recuerda Teófilo.

Todo esto tiene a mi nana Peta sin cuidado, porque sabe que su secreto anda bien guardado con nosotros. Teófilo y yo somos buenos para callar y nunca diremos que es la vainilla de mi nana lo que le altera el sabor al vodka. Además, mi nana piensa que es más saludable para mi padrino consumir ese licor con esencia de vainilla natural y, total, dice, ya se acostumbrará.

Así es la rutina de casi todas las mañanas, y me encanta que para el desayuno me sirvan la mazamorra tan especial de mi nana Peta que, según ella, es buena hasta para calmar los dolores de parto, y cura también el mal de ojo, que casi siempre trae consigo consecuencias estomacales.

—¿Me sirves otro poquito, nana? ¡Qué rica te quedó!

Rayitos vive a la vuelta

Rayitos es mi prima segunda, pero la quiero como si fuera mi prima hermana o, mejor dicho, la hermana que no tengo. Se llama Mariluz pero sus hermanas mayores le pusieron de apodo Rayitos, por lo inteligente y rápida que es y, aunque es la menor, vale por tres. Mi abuelo y su abuelo son hermanos de padre y madre, pero no se parecen en nada. Me han contado que desde chiquitos tuvieron muchos problemas entre ellos. Todas las mañanas el abuelo de Rayitos, que era el mayor, abría la puerta del dormitorio donde dormían los dos hermanos Muñoz, para que la malvada madrastra entrara a pegarle a mi abuelito que se había orinado en la cama. Mi abuelo le tenía pánico a su madrastra, porque esta señorona, además de ser exigente y anti-pática, le daba sus buenas palizas, pero por respeto a su padre, mi abuelo no se quejaba. Para sumar males, el joven Alejandro nunca pudo perdonar a su hermano por abrirle la puerta tantas veces a su madrastra, sin darle tiempo siquiera a escaparse por la ventana. Ya viejo, mi abuelo me contaba la misma historia una y otra vez…

—A los quince años me fui de mi casa para trabajar como mensajero en la compañía de teléfonos. Le dije a mi padre que no aguantaba más a su señora y que no tratara de detenerme, le prometí no dejar la escuela y me gradué con honores. Mi padre, que conocía el carácter insoportable de su mujer, no insistió que me quedara con él; me mandaba una pequeña mensualidad y así salí adelante viviendo con una tía en la casa de huéspedes de la calle Lisboa, a dos cuadras del parque de la Rotonda.

⚹ La expresión de mi abuelo cambiaba por completo cuando hablaba de su madrastra: ponía cara de lechuga estropeada, de plátanos aplastados y de apio sin sal. Cuánto le habrán dolido esas soberanas tundas, pensaba yo, pero en fin, Rayitos no tiene la culpa de que su abuelo y mi abuelo no se quisieran; ella ante todo es mi prima segunda, y yo voy a quererla siempre. Rayitos es dos años mayor que yo y me encantaría parecerme a ella. Su pelo negro y lacio le cae sobre los hombros como un manto de seda juguetón, que se mueve cuando voltea su cara para mostrar sus ojos inteligentes; sus facciones son finas, estilizadas; al sonreír, en su rostro blanquísimo se perciben dos hoyitos, graciosos como botoncitos de rosa, que nacen de sus mejillas, y toda ella es delicada y suave, su tono de voz inalterable. La quiero y la admiro no sólo porque es mi prima; Rayitos además me ayuda con mis tareas, especialmente con las matemáticas que cómo me cuestan. Quiere ser abogada y anda siempre con un diccionario enorme a cuestas, porque dice que algún día piensa aprenderse todas las palabras de ese librón. Y les cuento algo

increíble: en casa de Rayitos comen lomito de carne salteado
¡todos los días! Y eso, creo yo, está muy bien, porque uno
siempre sabe lo que hay para el almuerzo.

La cocina de su casa es enanita. Una muchacha flaquita y
chiquitita, que hace juego con la cocina, siempre está friendo en
una sartén: cebollas apestosas, chile verde y chile rojo, cortados
en trozos alargados, tomates picados en cuadraditos, y también
algo de carne. Huele a orégano tostado y al arroz que se quemó
en el fondo de la olla. El olor de la cocina de Rayitos es tan
predecible como el sabor del agua guardada que acumulan en
unas botellas de vidrio oscuro en el pequeño refrigerador. Como
que fueron antes botellas de vinagre y saben a eso, a vinagre
aguado. En fin, me gusta que todo sea siempre igual, la cocina con
su olor peculiar y el agua que sabe a lo mismo, y la muchacha
chiquitita y delgadita que me saluda con el saludo de costumbre.

smelly

picoso

—¿Cómo está, niña Marifer? ¿Se queda usted pa' almorzar?

—Hoy no, gracias, hay guiso de pollo con papas en mi casa. Es mi plato favorito, creo que mejor voy a comer allá; ¿y Rayitos? —le pregunto de una vez.

—En su cuarto con sus hermanas, probándose unos fustanes para la fiesta de a saber quién. Pase, pase, por favor, niña....

En la casa de Rayitos hay que atravesar varios cuartos antes de llegar a la habitación que comparten mis cuatro primas. Las puertas están alineadas como si fueran piezas en un juego de dominó; así de larga es la casa de mis primas. Se abre una puerta, y otra, y otra más, y a lo mejor en una de tantas se caen y se aplastan una con la otra. Bueno, eso nunca pasó, pero sí en mi imaginación. Mi tía Antonita, la mamá de Rayitos, me recibe con su sonrisa perenne, habla bajito, casi como diciéndote un secreto, y siempre es tierna conmigo, aunque sus palabras entrecortadas la delatan como nerviosa.

—Pasa, pasa, hijita, por favor; ¿ya estás preparándote para la fiesta?

—Todavía no, tía —le respondo con educación, y no le digo que faltan dos semanas para la fiesta de cumpleaños y que mi tía Rebeca y yo todavía no hemos pensado en eso.

Mi tía Antonita abre la última puerta, que da a la habitación más grande de la casa, porque es donde duermen mis cuatro primas. Sólo están Rayitos y su hermana Sofía, que tiene nueve años y es un año mayor que Rayitos. Las dos tienen puestos ya los dichosos fustanes que son de un tul áspero y cubren sólo de la cintura para abajo. Esos fustanes lucen incómodos y tiesos como cubremoscas, pero sirven para levantar bonito los vestidos de fiesta, eso dicen, y le dan vuelo a las faldas y puedes verte como pura muñequita, también eso dicen; pero mi tía Rebeca piensa que esos fustanes son muy rígidos para mí y no me obliga a usarlos. Felizmente, mi tía tampoco cree en modas tontas para ir en tono con la sociedad que, según ella, es más rígida que los mismos fustanes. Y si no te los pones, ¿qué? Y a mí que ni siquiera me gustan esos elegantes vestidos de fiesta, porque siempre termino ensuciándolos con alguna bebida gaseosa. Luego estoy en el baño de la fiesta, tratando *stubborn* de sacarle esa mancha porfiada al vestido; hasta que escucho cantar el *Happy Birthday* y ya no me importa nada. Salgo corriendo, chorreando agua, con mi manchona en mi vestido nuevo; Rayitos ya me espera alrededor de la mesa cantando a coro con los demás niños, que se ven todos incómodos, como yo, en sus trajes de fiesta. Entonces me escondo detrás de mi prima y pienso: ¡qué bueno que Rayitos viva a la vuelta!

Los mandados los trae la Balta

Se tambalea la Balta de lado a lado: pidiéndole permiso a su pierna derecha y luego a la izquierda en su torpe andar. Su caminar es más pesado que la bolsa que lleva a cuestas, y aunque viene de muy lejos, siempre se las ingenia para llegar a la hora cabal. Las verduras para el caldo, ¡Dios guarde no pueden faltar! También trae el pescado fresco para el almuerzo y algo de carne para la cena, el maíz con todo y mazorca, por si le da tiempo de hacer tamales, un trozo de calabaza, seis huevos, el chile, una que otra cebolla, una col y unas ramitas de perejil, porque el del huerto ya se marchitó. Mi negrita alegre y picarona es redondita como el sol, abundante de pechos y de caderas más, generosa toda, con sus rollitos prietos que no puede disimular. Siempre está calurosa y trae sus vestidos de algodón muy sueltos, porque ni a éstos soporta cerca de su piel. Tampoco aguanta cualquier zapato, por eso usa siempre chancletas, y con cada paso que da, para su alma es un triunfo, y con cada pisada, se gana también una bendición. Faltándole media cuadra para llegar, ya se escucha el jadeo de su respiración, y el sonido de sus pies arrastrándose por la vereda y, aunque suene increíble, siempre se acuerda de sonreír al pasar por el portón de servicio. Éste es el portón que da al patio central, que tiene al fondo la cocina, y donde al costado está la puertecita para salir al huerto de mi abuelo.

—¡Ya llegó la Balta! —se oye por allí.

—Teófilo, Ruperta, vayan a ayudarla —continúa otra voz...

—¿Cómo está mi niña linda, Marifer? Mire lo que le traje hoy a usted nomás, porque es mi niña consentida —me saluda la Balta y se ríe con su ja, ja, ja, tan especial...

—¿Qué me trajiste, Baltita? —le pregunto inquieta por ver la sorpresa.

De su gran bolsón, me saca un pedazo de caña de azúcar y unas figuritas de animalitos para pegar en mi álbum de colección.

—La caña es pa' después de su almuerzo, niña, mire que no quiero líos con doña Rebequita que me acusa de malcriarla mucho.

—¡Gracias, Balta!

Y la abrazo con los dos brazos bien abiertos porque está bien acolchonadita mi Balta. Su olor a vainilla la inunda toda, porque como es pobre, dice, no le alcanza más que para mantenerse olorosa a postre, y así de paso contrarresta los olores abusivos de los chiles, ajos y cebollas que se le prenden a su mandil a diario.

Es casi media mañana, la sigo por todo el patio con mi nueva bici roja, flamante la bicicleta y feliz y segura yo, porque mi

padrino no le ha quitado todavía las rueditas de atrás, por si acaso… La Balta se dirige al jardín y se va derechito a la jaula de la lora; esa lora altanera y malhablada es su adoración. Pasamos por el huerto de mi abuelo, que ya luce sediento de tanto sol que le pegó esta mañana. Y atrás, ya les conté, está la jaulona de la lora, donde hay una gran puerta de alambre, que pasa casi inadvertida, en medio de la selva tumultuosa de plantas que la rodean.

La Balta ya está adentro; mientras, yo las observo cautelosamente desde lejos, esa lora me inspira mucho respeto.

—Sácame un piojito —le dice la Balta a la lora, acercando su cabellera que no es más que un montón de rosquitas de puras canas.

—Sacamiunpiojito —repite la lora.

—Búscame un hombre honrado, que no sea malvado —le juguetea otra vez la Balta.

—Buscamiunhombremalvado, malvado —remeda la lora tonta.

—Ja, ja, ja… —se ríe la Balta.

—Jajaja —repite la lora igualito.

—¿Qué va a haber de almuerzo, Balta? —le pregunto cuando ya está fuera de la jaula.

—¿Qué quiere que le prepare mi niña?

—Hummm… me dijeron que hoy ibas a hacer guiso de pollo con papas, pero no he visto ningún pollo por aquí y también se te olvidaron las papas, ¿verdad?

—Los pollos estaban muy flacuchentos, así que traje carne en vez, y las papas no se me olvidaron, niña, se arruinaron los sembríos con las lluvias de antes de ayer, y las que quedaron en el mercado estaban más podridas que yo. ¿Por qué mejor no me dice usted, lo que se le antoja comer?

Así eran las explicaciones de la Balta cada vez que su cabeza le fallaba: y es que últimamente todo se le olvidaba. Para mí, mejor, porque yo aprovechaba para que me mimara aún más.

—Ya sé lo que quiero comer —le contesto—. Me gustaría esa sopita de calabaza tan rica que tú haces, y después un bistec con arroz y frijoles, ah… y si te da tiempo, platanitos fritos.

—Vamos, niña, a preparar su almuerzo, pues…

Y tranquila echaba llave al tremendo candado de la jaula y luego se colgaba al cuello el cordón mugriento, mientras la llave caía campante en su pecho enorme; ella después se la acomodaba en el valle sudoroso que formaban sus senos, para resguardarla como si fuera la medalla más sagrada. Antes de cruzar el huerto, otra vez se despedía a lo lejos de su lora, porque ésta seguía necia con lo de: "Sacamiunpiojito, sacamiunpiojito, hombre malvado, malvado malvado".

¿Dónde vivirá la Balta? Ni la nana Peta lo sabía, y creo que tampoco a Teófilo le contó jamás donde vivía. Yo nunca me enteré por más que le preguntaba.

—Vivo lejos, niña, pero ya ve, aquí estoy, pa' qué se preocupa, si siempre llego yo —me contestaba.

La Balta toda su vida fue humilde, pero de su pobreza, nadie, por mucho tiempo se ocupó. Nunca la escuché quejarse, ni de su pobre condición, ni de los callos en sus pies, y tampoco le daba rabia su color ni su bien reflejada vejez. Ahora que lo recuerdo, ese almuerzo que yo le pedía era un festín, un almorzón, pero jamás se quejó. Todo me lo preparaba con tantísimo gusto… pero ¿dónde vivirá la Balta? Años después, cuando se cansara de ser sirvienta y que por un tiempo la perdieran de vista en Mendiburo, tampoco nadie pudo enterarse de su verdadero paradero; dicen que por ahí la veían, sentadita en una vereda descansando sus pies rechonchos, vendiendo dulces en el barrio de La Merced cerca de la Avenida Libertador. Y todavía me lo pregunto… ¿Dónde vivirá la Balta? Y por respuesta sólo escucho: "Lejos, muy lejos, niña… pa' qué se preocupa si siempre llego yo… "

La niña sin zapatos

Mis mañanas favoritas son las de los martes y los jueves, porque es cuando viene la Chepita, con su mamá, doña Rosaura, que es la encargada de lavar y planchar toda la ropa de mi familia. La Chepita es exactamente de mi misma edad y es también mi mejor amiga, aunque me digan que por qué tengo una amiga tan pobre, y que si su mamá es lavandera y que si su papá es guardián de construcción, y que si sus hermanos son pandilleros sólo porque andan todos en manchón vendiendo dulces a la salida del colegio, o lavando los carros del vecindario. A mí nada de eso me importa, yo quiero a mi Chepita y punto.

El día que la vi por primera vez, estaba chillando en la cocina de nuestra casa. La Balta sacándole vidrios de uno de sus pies y la Chepita llorando a todo pulmón, inconsolable.

—Y es que pobre criaturita, no debe dejarla andar sin zapatos, doña Rosaura, mire después qué problema… —le aconsejaba la Balta.

74

recontra   very very

—No hay pues, pa' tanto gasto, Baltita, son recaros los zapatos y son tantos los hijos. No hay cómo hacerle…

Doña Rosaura temblaba de puro susto, lívida al oír los gritos de su niña y de ver el sangrado loco chorreándole de su pie, y curvándose como riachuelo de pueblo por toda la cocina.

—Corre, Marifer, dile a la Ruperta que venga a ayudarme a hacer el cocimiento y de paso búscate unos de tus zapatos, los más viejitos que encuentres y se los traes a la Chepita pa' ver si le quedan.

—¡Voy, Balta! —respondo, apurándome lo más que puedo y topándome al salir de la cocina con mi nana Peta, que ya había escuchado los gritos y preguntaba ofuscada, qué pasaba.

La Balta tenía fama de curandera, aunque yo creo que sus recetas a base de rezos, amor y cuidado era lo que de verdad sanaba a la gente, pero ¡Dios santo! ¡Qué horror! ¡Jesús sacramentado! ¡Virgen del Cielo! ¡No hay que perder más tiempo! Esos vidrios son una maldición si se quedan dentro; ponte a hervir agua, hija, ahora mismo, y tráiganme las mazorcas de maíz; por favor, doña Rosaura, búsquelas, que están envueltas en ese costalito dentro de mi bolsón, y apúrate tú también, Ruperta, ¿qué pasó con el agua? ¡Vamos, muévanse, hijas! Sí, Baltita, mire el agua ya casi hierve… Yo también ya encontré las mazorcas….

75

Con mis zapatos favoritos en la mano, observaba la curación de la Balta. La Chepita ya no chillaba, sólo se le oía uno que otro sollozo, que salía de su pechito como una zozobra olvidada. Sus ojos de aceituna de botija clavados en mí, y después bajaba la vista hacia mis lindos zapatos de charol blanco que traía yo en mis manos. Noté una carita risueña y traviesa detrás de la cortina de lágrimas; por fin voy a tener una amiga, pensé....

Le había sacado la Balta el último vidrio atravesado, y ahora remojaba nuestra curandera unas hojitas de yerbabuena en un pocillo con agua de lluvia, que coleccionaba especialmente para ocasiones como ésta. Mezclaba el agua de lluvia con tres gotitas de agua bendita, traída por un creyente de su parroquia desde el río Jordán. Esa agua tan bendita la vendían carísima en la tiendita de la catedral, y por eso la guardaba la Balta en un pomito de vidrio minúsculo, que felizmente ya venía con su gotero. Luego, pasaba las hojas, ya benditas, por agua hirviendo para quitarles cualquier otro mal que se hubiese escurrido por allí y, después de soplarlas un poco para enfriarlas, las usaba para limpiar el pie de la Chepita; mientras tanto, las mazorcas de maíz flotaban despreocupadas en el ollón de agua hirviendo.

—Pásame el azucarero, ¡rápido, Ruperta! —le ordena la Balta en su tono de saberlo todo.

Era la primera curación de esta índole que presenciaba mi nana, pero confiaba mucho en la sabiduría de la Balta y, sin preguntar ni por qué, ni para qué, le pasó el azucarero. La Balta entonces roció las heridas con azúcar, hasta que las cubrió íntegras.

—Así no se le infectará el pie a su niña, doña Rosaura —afirma aplastando el azúcar, mientras la madre que observa está muda de espanto.

Y explicándole tanto a ella como a mi nana, cuán milagrosos eran los atributos del azúcar, envolvió todo el pie en las suaves mazorcas de maíz que había sacado del ollón y que estaban ahora tibiecitas. La Chepita ya ni lloraba, ni gemía y, por lo visto, se le había pasado también el susto, porque sentía su pie aliviado, envuelto en harta dulzura y suaves vendas naturales.

—Niña Marifer, pruébele su zapato en el pie bueno —me pide la Balta.

—Sí —contesto obediente mientras tomo un zapato, aún aturdida por el momento mágico que acababa de presenciar.

—¡Ese zapato no, el izquierdo, Marifer! —me corrigen al unísono mi nana y la doctora Balta.

—¡Te quedó perfecto, Chepita! ¡Como si fuera tuyo! —oigo que exclama la aliviada madre, a quien entrego el otro zapato.

Y ella, la niña que conocí sin zapatos, me regaló la más agradecida de las sonrisas; desde entonces somos amigas inseparables.

Mi tía Rebeca

Mi tía Rebeca es muy amorosa conmigo, gracias a ella no extraño tanto a mi mamá, pero sé que así como yo, ella a veces se siente muy sola. Su esposo viaja mucho; Samuel Arzuleta es un banquero importante y se ausenta por días y hasta semanas por cuestiones de su trabajo con el gobierno, tiene un cargo muy alto en el Banco de la Nación, además mantiene varios otros negocios que maneja en provincia y en el extranjero.

Aunque mi tía Rebeca nunca asistió a la universidad, siempre ha leído mucho y es sumamente culta. También sé que le encanta escribir, y guarda en un lugar secreto muchas poesías que algún día, dice, serán para mí. En el mismo escondite, guarda el collar de perlas que era de mi mamá, y que todavía no me da porque soy muy chica y no quiere que vaya a dejarlo olvidado por allí y perderlo.

Me cuenta mi abuelita Tomasita, que mi tía Rebeca fue en la primaria a un colegio parroquial, por allá en su pueblo mojado, donde una monjita cubana se encargó de llenarle la cabeza de muchas cosas buenas. Con ella aprendió a cantar la Guantanamera, y se sabía de memoria casi todos los Versos sencillos de José Martí. También la monjita le inculcó el amor a la poesía de la Avellaneda, esa innovadora poetisa cubana que le hablaba con tanta devoción a Dios, y que además tenía una visión futurista en su tiempo, porque creía, ante el espanto de la gente de su época, en defender los derechos humanos. Mi tía Rebeca guardaba como recuerdo la única libreta de colegio que no se le empapó con las torrenciales lluvias que azotaron su pueblo cuando niña. Tuvo la suerte de dejar la libreta olvidada en el pupitre del colegio, y como estaba el salón de clase en un tercer piso, el agua no llegó tan alto. En esa libreta que se salvó, tenía escrita mi tía, en su puño y letra, una poesía de la Avellaneda. La monjita había dispuesto que la clase entera del quinto grado copiara del pizarrón esa poesía, porque quería que sus alumnos se volvieran nobles de espíritu y a la vez aprendieran algo sobre esta poetisa, que aparentemente muchos no conocían. Bueno, el escrito decía así:

Soy hoja que el viento lleva,
Pero eleva
A ti un susurro de amor.
Soy una vida prestada,
Que en su nada
¡Tu infinito ama, Señor!

Tula (Gertrudis Gómez de Avellaneda)

Ése fue el primer poema que me enseñó mi tía Rebeca y el cual repetía ella cada mañana al despertarse. Yo no entendí por mucho tiempo el significado de palabras tan solemnes, pero las repetía como lorita, porque me gustaba como sonaban. Después que crecí un poco fui comprendiendo algo más y así, hasta ahora, cuando puedo asegurarles que casi la entiendo toda. Y no sé si la monjita cubana aún vive, pero sí sé que inculcó en mi tía Rebeca ese espíritu noble que anhelaba para ella y, aunque el carácter de mi tía era a veces fuerte, yo le conocí siempre su lado bueno. Como nunca tuvo la suerte de ser mamá, dijo que le cayeron de regalo dos pedacitos de Cielo, ésos éramos mi hermanito Daniel y yo. Y realmente nos hizo sentir así, como si fuésemos verdaderos tesoros, regalos sublimes de un firmamento imposible de imaginar… ¡Ojalá todos los niños pudiesen tener una tía Rebeca!

Ma, me, mi, mo, mu

Así aprendí a leer yo: con el *ma, me, mi, mo, mu*; así aprenden a leer casi todos los niños que conozco. Sólo que no todos tienen una abuelita linda que les enseñe el *ma, me, mi, mo, mu,* con tanto amor… Sobre todo porque lo mejor venía después, cuando ya me sabía el *pa, pe, pi, po, pu,* y hasta el *gra, gre, gri, gro, gru,* y podía leerle palabrotas como: agripado, gruñona, agraviado y muchas más.

—*A-E-I-O-U, el burro sabe más que tú*, y *colorín, colorado esta lección ya se ha acabado* —me decía contenta con su voz juguetona, mientras me sacaba una bolsita llena de globos pequeñitos de todos los colores.

Después de inflarlos con agua, juntas los tirábamos desde el balcón de su dormitorio, uno por uno iban estrellándose contra la grama fresca del jardín. Al final quedaban dos o tres globos intactos y oficialmente ganaba la que menos globos rompía.

En mi familia, como en todas las familias, todos tienen sus talentos especiales, el don de mi abuelita era el de tener mucha paciencia conmigo. Por ejemplo, recuerdo su tolerancia cuando yo jugaba a ser mamá, y ella dejaba que moviera los muebles de su habitación a mi antojo, e hiciera una camita para mi mona de peluche que era mi "muñeca" favorita. Juntaba dos sillitas de estilo victoriano que estaban en la salita adjunta a su dormitorio, y empezaba con mi cantaleta: ¿me prestas tu almohadita y me das una colchita, abuelita? Ah, y también tu funda de algodón con rositas bordadas, por fa', la recién planchadita, ésa le encanta a mi mona y le sirve de sábana para su camita. Y seguía mi interminable rollo: ¿puedo usar tu pañuelo de pañal?, ¿ya le preparamos la lechita?, ¿le ponemos un poco de colonia? ¿Y si le cantamos, tú crees que tal vez se duerma más pronto…?

Así de incansable era yo, pero nada de eso aburría a mi abuelita, que gozaba jugando conmigo cediendo a todo lo que le pedía.

—Mira, Marifer, para que la tapes.

Y me alcanzaba una frazadita de lana amarilla, que estaba bastante desteñida porque había pertenecido a uno de sus hijos, al que murió de meningitis muy pequeñito.

—Ésa no, abuelita. Ésa es tuya para cuando tú tengas frío. ¿Te da frío pensar en ellos, digo, en mi mamá y en el otro hijito que se te murió? —le pregunto.

—Sí, Marifer, me da mucho frío cuando pienso en ellos, pero no hablemos ya de cosas tan tristes… Ven, alcánzame el escobillón, hay mucho polvo esta mañana; vamos a limpiar un poco, así ayudamos a Teófilo y le ahorramos algo de trabajo.

El cuarto de mis abuelos estaba en un segundo piso, era como un pequeño apartamento pegado a la casona, pero a su vez, independiente. Para llegar, había que salir al patio central y subir por una escalera de cemento, que daba a una azotea enorme mucho más grande que la de Teófilo, y que rodeaba un cuarto circular que bien parecía torre de castillo, de ésos que describen en los cuentos de princesas. Por algún error arquitectónico o descuido del diseño, se construyó una habitación con salita y baño propio en este segundo piso. Era un refugio encantador en lo alto de esas escaleras torcidas, abiertas al cielo, con vista al patio central y al jardín hermoso. Seguramente, el arquitecto en algún momento se dio cuenta de que este dormitorio había quedado excluido completamente del resto del caserón pero, o fue muy tarde para arreglar el problema, o tal vez ya le gustó así, ese cuarto aparte, porque el dormitorio se le hizo muy romántico allá arriba en su torre privada... Bueno, en esa torre de encanto estaba mi habitación favorita para jugar, y aunque mi abuelita tenía casi siempre las cortinas cerradas, porque con su enfermedad hasta la luz le molestaba, cuando yo llegaba, las abría en mi honor. El cuarto olía a hojas de eucalipto, a pomada china, a mentol, y saber a cuántos otros ungüentos más, que se los traían mis tíos de Alemania y que servían para aliviar el dolor de huesos y hasta el dolor del alma, según explicaban los papelitos dobladitos con indicaciones que venían acompañando a las medicinas./ El olor a farmacia no me desagradaba y, más bien, siempre me sentía a gusto en esa habitación, porque sabía que podía contar con mi abuelita a cualquier hora de la mañana. Y es que ella se mantenía recluida allí, como princesa prisionera de su propio espíritu; la depresión ya no se le quitó desde que mi mamá murió. Conmigo se esforzaba un poco y lograba sonreír y olvidar, ensimismada en mis juegos tontos y tratando a toda costa de que aprendiera a leer….

—¿Por qué escondes tu escobillón debajo del ropero, abuelita?

—No lo escondo, Marifer, sólo lo guardo allí para no verlo.

—¿Qué tiene de malo ver un escobillón?

—Nada, mi hijita, sólo me gusta guardarlo debajo del ropero: eso es todo.

—¿Para no recordarte del polvo?

—Tal vez…

Y se queda mirando lejos: sus ojos claros, infinitamente perdidos.

—El escobillón es flaquito como tú, abuelita, también se esconde como tú.

—¿Como yo? ¡Qué cosas dices, Marifer!

—Tú te escondes debajo de las sábanas de tu enfermedad, abuelita —le digo abrazándola, y ella también me abraza; su abrazo es suavecito, tembloroso, frágil….

La acompaño hasta su cama para que se recueste otro ratito, es temprano aún por la mañana.

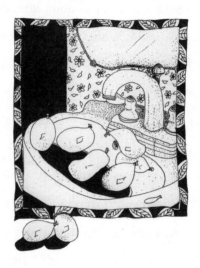

Todos nerviosos

Así se ponen todos, nerviosos porque este fin de semana llega la tía Lucrecia. ¿Se acuerdan? Es la hermana mayor de mi tía Rebeca, la que le lleva como seis años y es la que se quedó con su madre en el pueblo del norte en el tiempo de las lluvias. La tía Lucrecia ya es algo mayorcita, pero todavía está soltera. Tiene el mismo novio de siempre, un tal José Armendaris, que promete y promete pero luego se retracta, porque le da pánico el casamiento. Dice que el próximo año se casan porque no han ahorrado todavía lo suficiente, y da miles de excusas: que si las bodas salen caras, y que si estar casado es aún peor para el bolsillo, y que algo tan serio hay que pensarlo más de diez veces, y que si vienen hijos, ¡Dios guarde, qué haremos! Estoy segura que alguna gente piensa, que si no se han casado es por el tremendo lunar negro que tiene la tía Lucrecia en su cara. Es como un mapa oscuro que le empieza en la frente, redondeándole el costado del ojo izquierdo como un mapache, salvándose el párpado, pero luego cubriéndole gran parte del cachete; esa mancha nocturna me asustaba de bebita, pero ya no. Rayitos dice que no se ha casado por enojona, porque cuando el amor es puro para nada importan los defectos físicos, y que ni siquiera importa el hecho de que la tía Lucrecia crea en la belleza natural. Por esa creencia es que no se depila las piernas y que, a pesar de usar medias de nylon oscuras, de todas maneras se le vean los pelos en las pantorrillas. La única excepción que hace es que, a pura pinza, se saca los cinco pelos que le crecen cada semana en su lunar. Por eso también es enemiga del sol y se la pasa comprando unas cremas carísimas, que según ella le aclaran la piel, y poquito a poco, y con unas cuantas cirugías más, dice, irá desapareciendo su manchón. Por mientras, debe seguir usando sus tremendos sombrerones que no sólo le cubren el lunar, sino la mitad de la cara, y parece una espía rusa, con sus espejuelos oscuros, que no se los quita ni en el invierno. Por eso cree la Chepita que cae tan mal, "ni sus ojos se le ven", me comenta. Además, la tía Lucrecia tiene la piel muy blanca y se tiñe el pelo corto con agua oxigenada, porque ésa es la forma natural de hacerlo. El problema es que lo único que gana con esto, es el acentuar aún más su aspecto de temible extranjera. Yo ya me acostumbré a su lunar, y creo que en esta casa, como dice mi tía Rebeca, tratamos de no criticar los defectos físicos, porque uno no tiene la culpa para nada de haber nacido con ellos. Son los méritos adquiridos con mucho esfuerzo y la bondad hacia los demás, lo que cuenta, dice mi tía. En fin, no es su lunar lo que pone a todo el mundo nervioso, sino esa perfección que demanda en todo: que si sus sábanas no se las doblaron bien, que si a la sopa le faltó sal, que si el guiso tiene mucho chile, que si vio una cucarachita en la cocina, y que si a su cuarto le entra mucho sol por la mañana, y que quién dejó prendida la luz del baño, y que ya no soporta el olor de la cera con que Teófilo da brillo a los pisos, y que por qué la Ruperta se levanta tan temprano para después desaparecerse por horas, y que si el panadero trae las uñas mugrientas, y que de ese pan no come ella, y que por qué esta niña —refiriéndose a mí— pasa tanto tiempo con la servidumbre, y así, y así, y así... Y todo esto era todavía tolerable, ya que la tía tenía fama de gruñona, pero lo que de veras molestaba a la Balta, era que cuando llegaba la tía Lucrecia, ella ya no podía cocinar a su manera, y se le ponían los nervios de punta porque, ¡prepárense, que por ahí viene ya la doña! ¡Escondan las cebollas! ¡No se te vaya a ocurrir, Teófilo, servirle una ensalada de lechuga, ni un rabanito y mucho menos un pepino, acuérdense que la señorita Lucrecia no come nada que cruja y salga jugo! Ya saben lo fastidiosa que es... Ayúdenme a lavar bien las verduras de su caldo: todo sancochado, ésa es su regla. ¡Olvídense del ajo! ¡La doña dice que apesta! ¡Vamos, a moverse se ha dicho, háganse los ocupados pa' que no los regañe la Lucrecia! Ah, Ruperta, mira a ver qué brujería inventas pa' que no salga el sol tan temprano mañana, así de repente amanece de mejor humor la seño'….

Y así se mantenían todos, agobiados y con los nervios hechos añicos, pero aunque yo no decía nada, sin lugar a dudas la más nerviosa era yo. La tía Lucrecia era profesora de historia y geografía hispanoamericana en un colegio privado de señoritas. Cuando llegaba a la casa no me dejaba estar en paz: empezaba con su "qué hace esta niña todo el verano sin estudiar… "

—Está de vacaciones —me defiende mi tía Rebeca.

—Ya casi está tan hábil para los números como Aguamarina —dice sonriéndose mi padrino, guiñándome el ojo con disimulo para que no lo vea la tía enojona.

—Samuel, ¡ya déjate de payasadas; esto es algo muy serio! —le responde la tía Lucrecia y luego se dirige a mí—. Ven acá, Marifer, ¿cómo se llama el puerto de donde salió con sus tres carabelas Cristóbal Colón?

—Humm… esteee… —trato de contestar, pero los nervios me traicionan.

—Y de paso, anda pensando cómo se llamaba el tripulante, también en ese primer viaje de Colón, el que dio el grito de: "¡Tierra!"

—A ver... esteee...

—Ya viste, Rebeca, el mes pasado se lo sabía y ahora, por no leer y dedicarse sólo a dibujar y a jugar todo el santo día en ese maldito jardín, ya se le olvidó todo.

—¿De Palos? —medio respondo y pregunto con voz de cachorro miedoso.

—¡Vaya, niña, ya decía yo! El puerto de Palos en España: de allí salió Colón —reafirma la tía.

—Ah, y el marinero se llamaba Rodrigo, tía —aseguro orgullosa.

—¡Rodrigo de Triana, niña, apréndetelo de una vez!

—Sí, tía, de Triana...

Y el tormento continuaba pregunta tras pregunta, que si: ¿cuántos fueron los incas?, ¿en qué fecha se celebra la independencia de Argentina?, ¿cómo se llama el libro sagrado de los mayas?, ¿en qué isla famosa se decidieron trece valientes a cruzar la línea en la arena de Francisco Pizarro?, ¿de cuáles dos ríos principales se forma el caudal del Amazonas?, ¿con cuál de las guerras se quedó Bolivia sin mar?, ¿de dónde partía y adónde llegaba el Camino Real en el tiempo de la colonia?, ¿cuál es la capital de Honduras?, ¿de qué país era Rubén Darío?, ¿cuál es el nombre de la doncella en el libro más leído de la historia, después de la Biblia?

—¿Tú dices en Don Quijote de la Mancha, tía?

—¡Ése mismo, Marifer!

Así seguía ese cuestionario sin fin... Contestaba a sus preguntas con el titubeo nervioso de siempre y con el terror de equivocarme, aunque de último le iba agarrando la maña a este angustioso interrogatorio.

—¿Te acuerdas del dicho de Benito Juárez, hija?

—"El respeto al derecho ajeno es la paz" —recito feliz, porque ese dicho me lo había repetido Teófilo tantas veces, que ya no se me olvidaba.

—Me parece que ahora sí ya estás lista para aprenderte unas cuantas poesías —continúa la tía, cuando yo ya pienso que mi tortura ha terminado.

—¿Yo? —pregunto asombrada, como si hubiese otra personita a la cual la tía Lucrecia pudiese torturar, porque con mi queridísimo hermanito Daniel no se metía, por ahora.

—¡Sí, tú, Marifer, quién más!

Margarita, la del baile

—Margarita, la del baile: ¿ésa es la poesía que debo aprenderme, tía? —preguntaba así sólo por fastidiar a la tía Lucrecia, porque de esa manera había bautizado yo a la poesía de Rubén Darío, cuyo título verdadero era: "A Margarita Debayle".

Y es que esta tía tenía el gran talento de hacerme sentir como el ser más tonto del planeta Tierra y, como yo era tímida, obedecía a sus mandatos sin protestar, aunque de vez en cuando me atrevía a molestarla un poco, sutilmente, como con lo del título de la famosa poesía.

—Ayúdame, Teíto —le pedía mientras repetía los renglones de la enorme poesía.

—¿En qué la ayudo, pues, niña?

—Sólo escucha y repite conmigo:

Margarita, está linda la mar,
y el viento
lleva esencia sutil de azahar...

93

—Niña, disculpe, soy ignorante y me cuesta, pues, entender esas palabras que usa don Rubén en esa poesía —decía mi Teófilo.

—No te preocupes, yo tampoco entiendo. Suenan lindas, pero ¡ay, mamita, quién las entiende!

—Digamos que le cambiamos un poco la letra a la poesía y decimos que "a la Margarita le gusta el mar y que el viento se ha llevado su tul y más… " —explica el ingenioso de Teófilo.

—¡Eso sí se entiende! A ver… dímelo otra vez —le propongo, y juntos nos reímos hasta que a mí se me salen las lágrimas, y Teófilo se acuerda que todavía no termina de poner la mesa.

Secretamente, la poesía me gusta, sobre todo cuando me la explica, en detalle, mi tía Rebeca y todo está muy claro: Margarita es la muchacha a quien le dedica Rubén Darío la poesía. El poema es sólo un cuento de una princesita aventurera que quiere alcanzar una estrella y robársela para hacer con ella un prendedor. La princesita se va en busca de la estrella, "bajo el cielo y sobre el mar", sin pedirle permiso al rey, su padre; éste se enoja y le pide que devuelva al cielo la estrella robada. Al final, se le aparece a la princesita "sonriendo el Buen Jesús" y le regala la estrella y todo termina muy bien.

Ya que entendí la historia, aprenderme la poesía no se me hizo tan difícil. Lo grave era tener que recitarla delante de la tía Lucrecia, porque me descontrolaba toda al verle su cara tan seria, y mis piernas y hasta el alma me temblaban.

—Son cuatro páginas y ya casi me las sé —le anuncio por fin a Teófilo—. Escucha, Teíto, hasta aquí llegué:

Viste el rey ropas brillantes,
y luego hace desfilar
cuatrocientos elefantes
a la orilla de la mar.

La princesita está bella,
pues ya tiene el prendedor
en que lucen, con la estrella,
verso, perla, pluma y flor.

Como puro animalito

—¡Qué barbaridad! —dice la tía Lucrecia—. Esta niña está criándose salvajemente, como puro animalito.

Lo dice por mí, porque me gusta mucho jugar en el jardín.

—María Fernanda es muy inquieta, pero está criándose como debe ser —contesta mi abuelo defendiéndome.

—Estar al aire libre les hace mucho bien a los niños —agrega mi tía Rebeca, abriendo de par en par la puerta de la terraza que da al comedor, para que podamos salir al jardín Daniel, mi prima Rayitos y yo.

Ya la Chepita nos espera afuera: anda tirándole la comida al tucán Luis Pepe. Nos encanta ver ese pajarrón devorar con su pico inmenso esa ensalada multicolor de fruta fresca. Todos nos turnamos en aventarle grandes pedazos de manzana, trozos de sandía y también de papaya, haciéndonos los muy valientes porque desde su jaulona no puede picarnos.

—¡El primero que llega hasta el árbol de mora, gana! —nos reta la Chepita, y corremos todos al medio del jardín, el cual nos parece una planicie sin fin.

—¡Juguemos a las escondidas! —grita Rayitos, agitada por la corrida.

—Sí, sí, a las escondidas —repito yo, también sin aliento.

—Yo quiero ser un vaquero, Marifer —dice Daniel con su voz de niño chiquito, jalándome del brazo.

—Y yo digo que juguemos todos a las estatuas y ¡sanseacabó! —interrumpe la mandoncita de la Chepita.

—Tiremos mejor la moneda: así no nos peleamos —propone mi prima, porque es la más inteligente.

—¡Ay, no! ¿Quién va a querer entrar a la casa a buscar una moneda? —contesta de mala gana la Chepita.

—Ya sé, el que llegue primerito a los bambúes y encuentre la araña más grandota lo nombramos el Duende Mayor, ése escoge el juego —invento yo.

Así jugamos y jugamos; todo el día sólo jugamos: burlándonos del tiempo, inventando tonterías y riéndonos a carcajadas con los nombres e historietas que nos contamos de duendes y ninfas. Nos transformamos en nuestros personajes y, por horas interminables, vivimos gobernados por el Duende Mayor, jefe del Consejo Forestal y gobernante absoluto de todos los bosques y jardines encantados.

—¿Ya ven? ¡Es una niña normal! —aclama mi padrino, que está tomándose un café con leche en la terraza con el resto de la familia.

—¡Claro que es normal mi Marifer! —reafirma mi tía Rebeca.

—Pero, mira nada más, Rebeca, con quién anda esta niña para

todos lados... —continúa la tía Lucrecia, pero nadie le hace caso—. Mira nada más, cómo va y viene con la pordiosera de la Chepita, así no hay quién aprenda buenos modales y, además, ya es hora de empezar a prepararla para la vida. Dime, ¿de qué va a servirle eso de andar enlodándose en la poza, hablándole a los pájaros y corriendo como una loquita por todo el jardín? Unas cuantas clases de inglés o de francés no le caerían mal... ¡Haz algo, Rebeca, por Dios!

—¡Deja a la pobre Marifer en paz, Lucrecia! Ya te has encargado de enseñarle harta historia y geografía, y te lo agradezco; se sabe de memoria la poesía de Rubén Darío, ¿no? ¡Qué más quieres, Lucrecia, es una niña! ¡Por favor!

La cuestión era que la tía Lucrecia no dejaba de insistir; era como la pulga en la oreja, y así fue como mi "preparación para la vida" empezó desde que yo estaba muy pequeñita. Unos dos años atrás, en otra de las visitas de la tía Lucrecia, ella había convencido a mis tíos para que me mandaran a la escuela de párvulos, pero felizmente eso no resultó. Nunca me había sentido tan sola, como cuando me vi sentada en el patio de esa escuelita entre tantos niños agobiados, que lloriqueaban igual y hasta más que yo, y es que, a pesar del inmenso cariño que recibía de todos en Mendiburo, en el fondo extrañaba mucho a mi mamá. Por eso, también guardaba su fotografía en el cajón de mis medias y calzones, hasta abajo, no fuese a gastarse de tanto mirarla o desteñirse con el sol. Como les contaba, en esa escuelita yo lloraba inconsolablemente y llamaba a mi mamá, aunque sabía de sobra que nunca vendría a recogerme, pero yo estaba convencida de que mis gritos los escucharía desde su tumba, y por eso chillaba lo más fuerte posible. Además, los niños de esa escuelita eran súper crueles conmigo, me fastidiaban no solamente porque no tenía mamá, sino porque tampoco conocía a mi papá.

—¿Puedo decirte mamá, tía? —le pregunté un día a mi tía Rebeca, en mi desesperación, pero también porque desde hacía mucho quería llamarla así.

—Por supuesto que puedes llamarme mamá, Marifer, yo soy tu mamita ahora —me contestó mi tía preciosa, dándome un abrazo y besándome con mucha ternura, porque de veras se sentía mi madre con todas las de la ley.

El problema era que todos los niños ya sabían la verdad, así que eso de aparecerme con una mamá postiza, no ayudaba en nada. Felizmente, mi mamá-tía no era nadita tonta, y para gran suerte mía, al darse cuenta de lo que sucedía, me sacó inmediatamente de la escuelita y no volví más, ni siquiera para despedirme. Sólo recuerdo que en algún intermedio, cuando le di descanso al llanto, aprendí el cantadito de: "Lápiz, *pencil*; pluma, *pen*; pollito, *chicken*; gallina, *hen*". Esta canción se me grabó como única memoria útil de la famosa escuelita. Años más tarde se la enseñaría a la Chepita, porque era bueno que también ella aprendiera algo de inglés.

Los años que pesan
y los golpes de la vida

—¡Ave María, cómo pesan los años! —dice mi tía Rebeca, refiriéndose a mis abuelos que ya están algo chochos.

Y yo me imagino los años tan pesados como las inmensas cajas de madera llenas de botellitas de vidrio que bajan de un camión rojo todos los viernes por la mañana. Me encanta oír el vidrio rechinar cuando se topan las botellas unas con otras.

—Hay que pagar las Cocas... —se oye por allí.

—Díganle al muchacho que ande con cuidado, pues, en una desas se le van a romper las dichosas botellas, y no quiero tener que recoger el reguero de vidrio roto por todas partes —dice la Balta con su vocerrón.

—¿Ya le pagaron al muchacho? —pregunta mi abuelita desde la ventana de su cuarto, pero nadie le contesta porque, con el ajetreo que se traen los sirvientes, no la escuchan.

—Ya bastantes golpes le da a uno la vida, hijo, sin tener que andar oyendo más golpes de gratis —le reclama la Balta al empleado que las trae, y luego suelta su particular risa—. Ja, ja ja...

A mí todo ese relajo me gusta, porque estoy muy ajena a "los golpes de la vida". Ya de mayor aprendería que de veras hay muchos golpes que nos da la vida, pero no siempre es una golpiza como la que menciona César Vallejo en su obra. ¿Alguna vez han leído su famoso poema: "Los heraldos negros"? Ésta era otra de las poesías que la tía Lucrecia me hacía memorizar... Hasta ahora, esas frases tan macabras que debía aprenderme a tan temprana edad, me dan horror.

Hay golpes en la vida, tan fuertes... ¡Yo no sé!
Golpes como del odio de Dios; como si ante ellos,
la resaca de todo lo sufrido
se empozara en el alma... ¡Yo no sé!

Son pocos; pero son... Abren zanjas oscuras
en el rostro más fiero y en el lomo más fuerte.

Sigue el poema con unas tres estrofas aún más temibles y después se repite la misma frase del principio:

Hay golpes en la vida, tan fuertes... ¡Yo no sé!

—Pa' qué tener que escuchar tanto trastazo, por las puras, niña —repite la Balta.

Y tiene toda la razón, ella ya está mayor, y sus años, aunque no quiera aceptarlo, le van pesando harto; creo que hasta sus orejas andan cansadas y no soportan, así de repente, los ruidos escandalosos o insignificantes, no importa, le da igual. A los chicos, en cambio, nos encantan los ruidos, cualquier ruido: el de los tambores y cuetes o el de la radio a todo dar, el del bramido de los vientos insoportables o el de las olas bravas que explotan sin piedad; sobre todo nos gustan los ruidos de los primos y los amigos gritando a voz en cuello al romperse una piñata, en medio del bullicio de un gran festejo. Por eso el sonido de los viernes por la mañana, a mí me fascina. Los vidrios sonando me avisan que la vida, como dice mi abuelito, también puede traernos inmensas alegrías, y los porrazos pueden a veces ser dulces, tan dulces como las docenas de botellitas de Coca–Cola que se mecen atrevidas cuando las baja el muchacho del camión rojo todas las semanas.

La estampita que vive en el carro

¿Saben que hay una estampita de la Virgen María con el Niñito Jesús que vive en el carro de mi padrino? Dicen que mi padrino no reza, pero yo sé que eso no es verdad. Todas las mañanas, él reza mientras calienta el motor de su carro, a mí me consta. Mi padrino deja que yo me suba con él y lo acompañe por unos minutos antes de que se vaya a trabajar. Me explica que nunca arranque el carro así nada más, sin calentarlo, y me lo dice muy en serio, como si yo no fuera la mocosa que soy, y que todos sabemos los muchos años que van a pasar antes de que yo me atreva a estar delante de un timón. A mí me lo dice, imagínense, cuando mis pies enanitos no llegan ni siquiera al acelerador… De todas maneras, eso no importa, lo que importa es que mi padrino reza cada mañana, mientras su carro entra en calor. Lo veo yo, se persigna haciendo con su dedo gordo tres cruces: en la frente, en la boca y en el pecho, así Satanás no lo tiente, dice. Después reza dos padrenuestros y tres avemarías y por último, un gloria, rapidito porque el motor ya se calentó. Además, él mismo me ha contado que cuando estuvo en París y visitó *Notre Dame*, recibió en esa iglesia una bendición especial; porque en la historia de

esta famosa basílica, él y sólo él, había sido el único cristiano que había entrado a rezar allí y no había pedido nada, absolutamente ¡nada! Sólo le dio gracias al Cielo y a la Virgen por sus tantas bendiciones, y que por supuesto, una de esas bendiciones era yo. Mi tía Lucrecia ya le ha advertido que no ande contando lo de *Notre Dame* así nada más a cualquiera, porque van a creerlo chiflado, y que ya no hable tantas idioteces juntas. La otra mañana, hasta lo regañó delante de mí.

—¡Samuel, por favor! ¡Está bueno ya de tanta tontería! ¡Y no le cuentes más historias disparatadas a esta niña, que le andas alborotando su cabeza, y la pobre ya no va a saber distinguir entre lo que es verdad y lo que es estupidez tuya!

En realidad, a mi corta edad, la verdad y la bondad se sienten... Yo sólo sé lo que sé y lo que veo. Mi padrino es muy bueno conmigo, y con sus historias de tonteras aprendo mucho. Además, yo sí le creo lo de *Notre Dame,* porque él mismo me ha enseñado a ser agradecida. Dice que si estoy contenta con lo que tengo, siempre seré feliz, y que esa estampita de la cual les hablé, es también mía, pero que por el momento es mejor que viva en su carro. A mí me parece bien que nuestra estampita viva allí, en su carro; así, todas las mañanas, podemos rezar juntos sin que nadie nos vea, sin que nadie nos oiga....

El tesoro de los piratas

"Camina dieciséis pasos a la izquierda y veintidós a la derecha", estaba escrito en el asta del barco hundido en la arena, y yo me lo creí. Como me creí que era verdad lo del tesoro que encontramos en esa playa lejana. Y cómo no iba a creerlo, si lo encontramos el mismo día de mi cumpleaños, esa mañana cuando mi padrino dijo, llámate a Daniel y pónganse las ropas de baño que nos vamos a la playa.

Lo que te crees a los siete años es para toda la vida. Cómo iba a saber yo, que mi padrino había ingeniado un estupendo plan y que, desde hacía días, tenía a mi tía Rebeca cosiendo una bandera negra de piratas para cubrir el tesoro. Sí, una bandera, donde la nariz de la calavera era una llave que abría el famoso cofre traído de la China en un viaje de mis tíos, y que yo, tan ingenuamente "encontraría" en la playa solitaria. ¿Y qué me dicen de las hojas de plátano podrido que cubrían la bandera, y de las alhajas y monedas que hallé dentro del cofre, y del asta antigua clavada en la arena con la inscripción carcomida, dando instrucciones de cómo encontrar el tesoro? Que tan preocupado estaría mi padrino porque todo saliera perfecto, que consiguió de cómplice a mi abuelito y a la familia entera, y hasta los criados debían actuar en sus papeles de asombro total. Ese hombre a quien yo adoraba y a quien yo creía un dios, ese tío bajito pero con cuerpo de deportista empedernido, de ojos claros, de entradas en la frente declarándole una calvicie sin marcha atrás, sí, ese hombre lo había planeado todo. Él mismo, diciéndome que cubriera el cofre que encontrara con una toalla, no me lo fueran a confiscar, y que no lo destapara hasta que estuviésemos en Mendiburo. Y yo sin saber que las joyas eran de fantasía y que todo era una gran mentira de cariño.

Por el camino, olvidaron desmentirme el magnífico engaño, y hasta ahora pienso yo que a los siete años encontré el tesoro más valioso de mi vida. Tal vez fue así, porque ese tesoro no estaba hecho más que de purito amor… Con ese amor incondicional de ese hombre maravilloso, celebré los siete años más felices que una niña pudo celebrar. Esa mañana inolvidable junto al mar, junto a Daniel y con el loco de mi padrino queriéndonos a los dos, envolviéndonos en sus geniales tramas, contándonos sus sueños y haciéndonos creer todas sus mentiras; queriéndonos así, locamente, tal como él era.

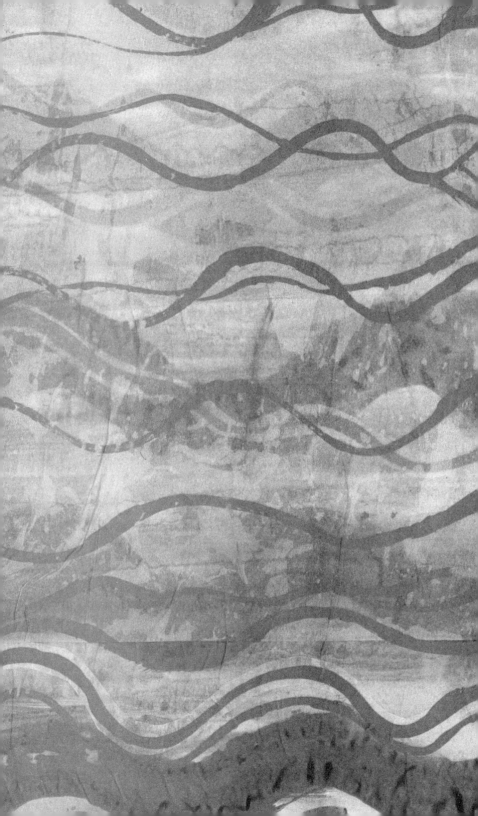

Tardes

La tarde equivocada
se vistió de frío.
Detrás de los cristales,
turbios, todos los niños,
ven convertirse en pájaros
un árbol amarillo.

Federico García Lorca

La amiga tonta

—Ya en un rato nos vamos, Balta —anuncia mi nana desde la puerta de servicio.

—¡Ande, niña Marifer, termine ya de tomarse la leche que se les hace tarde! —me apura la Balta.

Mi tía Rebeca nos pidió que hoy por la tarde lleváramos unas bolsas de comida a casa de la Chepita, porque su mamá está enferma y de seguro no tienen para el gasto del mercado. Voy feliz: es la primera vez que dejan que me asome por la construcción donde vive la Chepita. Siempre quise conocer la casa de mi amiga… Ya les conté que el papá de la Chepita trabaja como guardián de construcción, ¿o no? Bueno, él es el que cuida la tremenda propiedad: ésa que está a medio construir a una cuadra de mi casa. Lo malo es que tanto él como su familia han de mudarse cuando el caserón esté terminado. Y qué bueno que esa casa sí que tiene talla de ser una gran mansión: así demoran más en acabarla. Mientras, la Chepita y yo podemos vernos todas las semanas y seguir siendo amigas.

Hemos empacado muchos víveres: café, arroz, azúcar, pan, camotes, frijoles, algunas frutas y verduras y un gran trozo de carne para el caldo; ah... también: manzanilla, canela y unas galletas de soda que le caerán muy bien a la enferma. Como es posible que no tengan refrigerador, les llevamos, por último, un latón grande de leche en polvo, de la importada, porque dice la Balta que es más consistente y de mejor calidad.

Nos topamos con Teófilo que anda afuera enjabonando el carro de mi tío Samuel, quien al ver el cargamento enorme de provisiones que llevamos mi nana y yo, deja todo para ayudarnos. Ahora yo sólo cargo una bolsa con el pan de molde, así que corro para encontrarme con la Chepita.

—¡Cuidado se cae y se aplastan usted y el pan, niña! —me grita mi nana cuando ve que ya les llevo media cuadra de ventaja.

Ya en la construcción busco una puerta, pero sólo veo muchas paredes de bloques crudos taponadas con enormes tablas. Los albañiles ya se fueron a sus casas y la construcción se muestra solitaria y soberbia, como un monumento macizo y eterno, en medio de un desierto desordenado de ladrillos, bloques y maderas. Las tablas de diversos tamaños se asoman como nidos enormes abandonados a la intemperie. Atrás, grandes montículos de arena aparecen como oasis rodeados de charcos y riachuelos de agua, a su vez salpicados de sucio cemento. Como única señal de vida, veo unas sábanas descoloridas y algunos pantalones que cuelgan intrépidos de unas sogas que se cruzan en lo alto de un callejón estrecho. Este callejón es sólo un pasaje que se forma con el muro altísimo que colinda con la casa vecina, y que se extiende hacia la parte trasera de la construcción. Sin pensarlo me meto por allí y me enredo en el laberinto de ropa buscando a mi amiga.

—¡Chepitaaa! ¡Dónde estás, Chepitaaa!

Al escuchar mis gritos, ella sale sonriente de uno de los cuartitos que están al fondo del callejón.

—¿Aquí vives? —le pregunto de sopetón con mi cara de espanto, al ver la mazmorra que tiene por casa.

—Sí, aquí, y si ya no quieres ser mi amiga, no voy a sentirme —contesta apenada la Chepita.

—¡Qué tonta eres, Chepita!

—¿De veras quieres seguir siendo mi amiga?

—¡Claro que sí! —afirmo y le doy un empujoncito para ver si así reacciona—. ¡Niña tonta!

—¿Yo?

—Sí, tú, ¡tontísima! ¡La más tonta del universo! —exclamo riéndome para que se ría ella también.

Me lleva, ya más tranquila, al cuartucho donde vive: las paredes toscas sólo enjarradas a medias, sin una gota de pintura; tampoco hay puertas interiores. La Chepita abre una cortina y entramos en el dormitorio que comparte con sus tres hermanos. Hay una litera para dos de ellos, y en un costado se encuentra un colchón amarillento y viejo, recostado contra la pared para ahorrar espacio; allí seguramente duerme el tercero. En el rincón opuesto, está un adefesio de catre donde reposa apacible una muñeca. En una mesita a la par, veo la caja que pertenece a mis famosos zapatos de charol blanco, que ahora lleva puestos mi amiga y, por último, al lado de la caja, en un platito quiñado, hay un chicle mascado.

—Gracias por traernos comida, Marifer; ya vi al Teófilo cargando un costalito de azúcar, de veras gracias, casi no teníamos... —dice la Chepita—. Espérame, que en un segundo vuelvo...

Y agarra su chicle tieso, y veo que lo lleva a otro cuartito que supongo es la cocina, y le chorrea los últimos granitos de azúcar que están en un tarro sobre el escaparate al costado de la estufa. Regresa luego donde yo estoy, saboreando su chicle despacito, masticando ese pegote duro una y otra vez, como si fuera el más espléndido de los manjares.

—El poquito de azúcar que nos quedaba, estaba guardándolo para el té de mi mamá, pero ahora, gracias a ti, tenemos de sobra. ¡Mil gracias!

—De nada —digo yo, aún inmóvil y asustada al verme cara a cara con la Chepita y su pobreza.

Felizmente, en medio de esa pobreza infinita vive una flor... En el marco de la minúscula ventana, al lado de la camita de la Chepita, descansa en una maceta de barro una margarita raquítica, dando un pequeño toque de esperanza a esa humilde habitación;

también zarandeando mis sentidos que no salen del asombro. Luego veo una cartulina donde está pegada una foto, es la que hace poco nos tomamos juntas la Chepita y yo; las dos estamos abrazadas y muy contentas. Ella morenita, con su pelo negro amarrado en dos brillantes trenzas y su carita sincera, flaquita, sus ojos sonriendo ternura; yo contrastando como en un claroscuro de Goya, con mis mechones de pelo claro, mi tez color canela y mis pecas doradas resaltando en mi nariz. Esa misma foto la tengo yo. Mi padrino nos sacó dobles, pero ésta tiene algo que la diferencia de la mía: hay un corazón dibujado con lapicero rojo arriba de mi cabeza. Al lado, en la cartulina, la Chepita ha escrito: "Marifer, la mejor amiga del mundo".

Me emociona sentirme tan querida… Sin darme cuenta, tomo la foto y la estrecho contra mi pecho, luego siento el abrazo suavecito de la Chepita, mi mejor amiga, mi amiga tonta, pero ¡la mejor del mundo!

Huele a húmedo

—¡Uy, uy, uy...! ¡Madre santísima cómo se va el tiempo! ¡Mira nada más la hora que es, Marifer! ¡Ya se nos hizo tardísimo, y justamente esta tarde que no podemos demorarnos! —anuncia agobiada mi nana, después de ver su reloj cuando termina de preparar el caldo para la enferma.

Mi abuelita, que para variar se siente mejor, ha invitado a sus primas a merendar. Por eso, también hace rato que se fue Teófilo, para terminar de lavar el carro que dejó a medias, no vaya a ser que mi abuelita lo necesite después para algún mandado.

—Deja que me quede un ratito más aquí con la Chepita, por fa', nanita, ¿sí? —insisto.

—Bueno, "ay" le digo al Teófilo, pues, que venga a buscarla en una carrerita; pero nomás se me queda una media horita, ¿oyó?

—¡Gracias, nanita! ¡De veras eres la mejor de las nanas, la mejor...!

—¡No exagere, niña, que me lo voy a creer! Bien, pues, ahora sí, ya me voy con mi música pa' otro lado... Ah, Chepita, dile a tu mamacita que más tarde le traigo su poquito de mazamorra de arroz, pa' que se le asiente el estómago. ¡Ya estuvo bueno eso de pasarse tantos días sin comer! ¡Enfermo que no traga alimento, no se cura! —advierte mi nana al despedirse.

Por fin nos quedamos la Chepita y yo a solas.

—Ven, te enseño algo, Marifer —me llama mi amiga, llevándome al cuartito donde supuse era la cocina.

En un escaparate recostado contra la pared, veo una estufa de gas que sólo tiene dos hornillas, allí hierve a fuego lento el caldo de carne y verduras que dejara cociendo mi nana. En el lado opuesto del cuarto, hay una cama ancha donde está doña Rosaura durmiendo su siesta desde hace tres días; luce muy pálida. Dice mi amiga que, gracias a Dios, hoy comió por primera vez en varios días, y que parece que las infusiones de hierbas que le recetaron su comadre y la Balta están haciéndole efecto.

—¿Y tu papá? —le pregunto, al ver que el señor guardián no se encuentra.

—No está. Se fue al mercado a comprar un poco de tilo y de romero; si tiene suerte, a lo mejor también encuentra rosa de castilla. La comadre de mi mamacita ya le trajo harta hierba luisa de su jardín, y felizmente todavía tenemos bastante yerbabuena creciendo en un tonel en el patio de atrás.

—¡Verás que con todas esas hierbas, tu mamita pronto se sentirá como cañón! —la consuelo.

—¡Ojalá! —responde suspirando la Chepita, y luego me enseña con orgullo que sobre el lavadero, a la par de la estufa, se secan apuradas unas hojitas de yerbabuena; ella solita las ha amarrado y colgado de cabeza de una pita que cae del techo.

El olor del caldo que preparara mi nana llena con su rico aroma toda la habitación, y disimula un poco el olor penetrante a húmedo que se siente en ese cuarto frío de ventanas entabladas. Hay una mesa pequeña cerca de la estufa, y una única bombilla de una lámpara enclenque obsequia con timidez una penumbra a la oscura habitación. Mientras ayudo a mi amiga a servirle la sopa a su mamá, algo más me llama la atención en ese cuartucho: un papel pegajoso color manteca cuelga de la punta de un palo que está clavado en una viga del techo, y cae en espiral arriba de la mesa donde tenemos listo ya el caldo.

—¿Es que nunca has visto un mosquero, Marifer? Es para que se peguen ahí las moscas y nos dejen comer en paz —explica con naturalidad la Chepita—. Pero ven, Marifer, ¿o acaso has venido aquí para ocuparte de las benditas moscas? Ven...

Sigo a mi amiga, caminando igual que ella de puntillas, hasta que veo que debajo de la cama de su mamá, y con mucho cuidado de no hacerle ruido, la Chepita saca una caja de madera rústica donde guarda una libreta con recortes de vestidos sacados de revistas, y otros diseños pintados por ella misma.

—¿Te gustan, Marifer?

—¡Me encantan tus vestidos! ¡Están lindísimos! —respondo embobada.

—Algún día, Marifer, cuando sea grande, voy a dibujar muchos vestidos, para que los vendan en las tiendas y, sabes, tal vez hasta podría coserlos yo misma.

—¡Uau! ¡De veras eres una artista, Chepita! —le digo volteando de nuevo las hojas de su cuaderno.

—Es sólo un sueño...

En eso, llega Teófilo a buscarme. Toca dos veces en las tablas de la entrada y me llama para irnos.

—Gracias, Marifer —dice la Chepita al despedirnos.

—Gracias... ¿por qué, Chepita?

—Por no reírte, por no burlarte de mí y de mi sueño tonto.

—¡Eso nunca! —contesto y me despido con un abrazo.

Me voy caminando rápido, con Teófilo del brazo como si fuera mi príncipe salvador.

—¿Sabías, Teíto, que la pobreza huele a húmedo? —le cuento

al entrar a mi casa preciosa, mi corazón acelerado…

Y en el brillo de la tarde, una niña agradecida de su suerte, y otra aún soñando….

Té de tías

—¡Por fin! —exclama esperanzado mi abuelito, cuando las medicinas le hacen efecto a mi abuelita y ella se siente mejor.

Lo malo es que la mejoría no dura mucho, un día, dos quizás; pero esta tarde eso no importa, ¡se siente bien y hay que celebrar! Con decirles que mi abuelita hasta se ha ido a la peluquería para que le tiñan sus canas, porque quiere verse muy linda cuando lleguen sus primas. Por respeto, debo de llamar a todas esas primas, "tías"; no importa cuán lejano sea el parentesco, sean tías auténticas o postizas. ¡Todas son mis tías y punto! A las cuatro de la tarde las ha invitado a celebrar su mejoría y, por lo tanto, se va a preparar una merienda a todo dar.

—Vienen mis primas a tomar el té, Teófilo. Cómprate bastante jamón en el mercadito de a la vuelta y tráete pan *baguette* de la pastelería francesa; ah, y que no se te olvide, por favor, el queso mantecoso —ordena alegre mi abuelita.

—Unas milhojas y unas tartaletas de fruta les vendría muy bien a las que son dulceras como yo —agrega mi tía Rebeca—. Yo me encargo de conseguirle los pastelitos.

—Gracias, Rebequita, ah, y dile a la Ruperta que por favor se esmere en poner bonita la mesa. Marifer va a recogernos más tarde unas cuantas flores del jardín para el centro de mesa; ¿verdad, mi hijita?

—¡Ahora voy, abuelita!

—Espérate, Marifer, ayúdame primero a cortar a la mitad estas servilletas de papel. Ya sé que es manía mía, pero es que estas servilletas están muy grandotas y el papel está carísimo, ya sabes, ¡no se puede desperdiciar ni un pedacito!

—Mi nana ya puso servilletas de tela, abuelita.

—Cuantas más servilletas haya en la mesa, mejor; es bueno tener a mano unas cuantas de papel, por si acaso…

—Sí, por si acaso… —repito con un reverendo suspiro propio de persona mayor.

Yo soy siempre la de los accidentes, sobre todo cuando hay visitas. La tía Lucrecia dice que tengo manos de mantequilla porque todo se me cae. ¡Y qué bueno que ella ya no esté! Hace días se regresó al norte; sólo espero que de una vez por todas se case con su novio, el tal Armendaris, ése que dice ser el gerente del Club Naval, así no vendrá tanto por Mendiburo.

Cuando termino de ayudar a mi abuelita con sus servilletas, al pasar por la cocina, veo a la Balta sacando del horno su enorme budín de pan, también las mermeladas de naranja y albaricoque ya están listas.

—¡Humm… qué rico huele todo, Balta!

—¿Quiere una probadita, mi niña Marifer? —me pregunta la Balta, y como de costumbre, sin esperar mi respuesta, me alcanza un platito con su espléndido budín.

Mientras pruebo el budín tibiecito de la Balta, veo al enérgico de Teófilo, que está soba que soba la plata fina. Ya fue al mercado, ya trapeó los pisos, ya los enceró, ya echó agua a las terrazas, ya barrió las hojas muertas… Ahora lustra la tetera y los últimos utensilios y cubiertos de plata que van a usarse en el suntuoso té de tías; sus manos nudosas y fuertes no conocen el descanso.

—¿Te ayudo, Teíto?

—Mejor esta tarde, no; no vaya a ensuciarse su vestidito blanco, niña, ya pronto llegan sus tías a tomar el té.

Felizmente, mi nana, que anda pendiente de todo lo que hago, me alcanza mi mandil.

—Usted ya ha trabajado un montón, Teófilo; ande, deje que lo ayudemos la niña y yo —insiste mi nana—. Pásenos unas franelitas, pues…

Nadie contradice a mi nana, así que al ratito estamos las dos sobando la plata, a la par de Teófilo. A mí me encargan una jarrita panzoncita que es la más fácil de lustrar.

—¿Sabía usted, niña, que el agua helada servida en jarra de plata sabe mejor? —me platica Teófilo.

—¡Quién le ha contado semejante sonsera, Teófilo! —exclama mi nana—. El agua más sabrosa es la que se toma uno derechito del mismísimo río, con las purititas manos, pues, ¿a poco no se acuerda usted cuando vivía en su pueblo?

—Pues sí, ésa ni se compara —responde mi Teíto, acordándose de su aldea humilde en la sierra y de su pasado indígena tan ligado a la naturaleza—. El agua helada de mi arroyo sabía a pura frescura de cordillera, a nieve celestial derretida, ¡agua digna de los propios angelitos, niña!

Y juntos seguimos sobando y conversando tonteras, hasta que sólo se escucha el *swish*, *swish* de las franelas prietas sacando brillo a la plata fina.

—Teíto, ¿por qué te gusta tanto sobar?

—No me gusta, niña, lo hago porque es mi trabajo.

—Pero es que sobas tan bien, como si de veras te gustara…

—Pues sí, ya de tanto sobar, a veces me gusta porque, escuche, niña…

—A ver, a ver… —habla mi nana parando las orejas (es que quiere enterarse de todo).

—*Swish… swish…*

—¿Escuchan? ¡Se van las penas! —dice en serio Teófilo, acercando la tetera de plata a nuestros oídos.

Y mientras soba: *swish*, *swish*, escucho yo… y, *swish*, *swish*, escucha mi nana…

—¡Sí, de veras se van! —contestamos las dos a coro, y nos reímos los tres, porque de verdad las penas ya se fueron.

Los caballos de los conquistadores

Hay una poesía del poeta peruano José Santos Chocano que mi padrino me ha enseñado porque es su favorita.

—¡Los caballos eran fuertes! ¡Los caballos eran ágiles!

—repite él esas líneas todo el tiempo.

Me cuenta que a los trece años, iba todos los sábados a calentar los caballos que correrían esa tarde en el hipódromo. También se las ingeniaba para conseguir permiso otras dos tardes a la semana, para ir a darle de comer a los dichosos caballos. Como él era bajito y delgadito, le quedaban justo a su medida las menudas monturas que usaban los jinetes profesionales. El entrenador, feliz de tener un ayudante tan dispuesto, le daba una vez al mes una pequeña propina, y así se ganaba mi tío Samuel su dinerito. De cuando en cuando, y si el clima lo favorecía, le dejaban sacar los potros del picadero. Esas tardes maravillosas quedaron grabadas como eternos recuerdos en la memoria de Samuel, marcándolo para siempre: la pampa abierta parecía llegar al infinito, mientras que el viento le silbaba canciones inéditas y las sombras de la cordillera delineaban el atardecer. Él se sentía tan libre como la yegua que montaba y el corazón no le cabía de contento. Cuando estuvo mayor, le compró a un primo parte de una hacienda a plazos; allí mantenía unas caballerizas para Pinto, su caballo blanco, tan grandote como bello. Salpicado de pintitas negras, era fuerte y dócil como bestia de circo.

¡Los caballos eran fuertes!
¡Los caballos eran ágiles!
Sus pescuezos eran finos y sus ancas
relucientes y sus cascos musicales...
¡Los caballos eran fuertes!
¡Los caballos eran ágiles!

Y así, recitando alegres esa bella poesía de Chocano, íbamos los domingos por la tarde hasta el otro lado de la ciudad, a visitar a una tía vieja de mi padrino llamada Catarina.

—¿Cómo está mi lorito? —saluda la viejita desde su cama.

Catarina vive con otra señora mayor, Elsita, que es menos vieja, pero que también debo de llamarla tía, aunque no lo sea. Juntas suman un cúmulo de años y no hacen ningún esfuerzo por disimularlo, porque llevan sus canas y la pesadez de sus cuerpos con mucho orgullo. En cada visita, mi padrino saca del bolsillo de su chaqueta un sobre cerrado y lo deja en el cajón de una mesita, que está tan vieja como sus dueñas.

—Gracias, mi lorito generoso —dice la tía más viejita.

129

Ahora sé que lo que dejaba cada domingo "el lorito", era el dinero para los gastos de la semana.

—Diles que sí a todo lo que te digan, verás que las haces felices —aconseja mi padrino—. Las dos están medias sorditas, así que si no te escuchan, sólo asiente con la cabeza.

—Anda, Elsita, búscale un regalito a la Marifer que viene tan linda esta tarde, con sus botas de montar a caballo y todo.

—Sí, claro, ahí voy... —contesta Elsita, abriendo un ropero antiguo.

—De seguro piensan ir a visitar al Pinto, después, ¿o me equivoco? Sí, ¿verdad? —pregunta la tía Catarina, la más alerta de las dos.

Se preguntaba y respondía ella solita, sin dar oportunidad a nadie de hablar. Mientras, la tía Elsita ya tiene en sus manos una cajita de almendras: unos confites bañados en azúcar, en tonos de pálidos celestes, rosados y amarillos.

—¡Para ti, mi Marifer preciosa! —dice la tía menos vieja, entregándome el regalito que sacara del vejete mueble.

—¡Gracias, tías! —acepto encantada.

—Ah, y Elsita, no te olvides de darle el pañuelito que le bordaste ayer.

—¡Qué lindo está! —exclamo contenta con mi otro regalito.

—No nos olvides, Marifer —dice la tía menos vieja cuando ya nos vamos—. Ven con Samuel a visitarnos todas las tardes que quieras.

—Sí, tía —contesto con educación.

—Después se van a visitar al caballo, pero vienen primero acá, ¿verdad, mi lorito? —agrega la tía más vieja.

Y digo sí, otra vez, tal como me instruyó mi padrino, sonriéndome con la mejor de mis sonrisas, porque me caen muy bien esas tías tan graciosas.

Cuando salimos, le pregunto a mi padrino por qué las tías no tienen ni sala, ni comedor en su apartamento, y creo que ni cocina, porque yo sólo vi una refrigeradora pequeñita y una hornillita, en una mesa al lado del bañito.

—¡Qué enanito y viejito es el apartamentito de las tías, padrino!

—Es que son pobres, muy pobres, pero no lo saben —responde mi padrino quedándose pensativo.

—Pero si son tan pobres, ¿por qué cada vez que vengo me dan tantos regalitos?

—Es que en realidad son ricas, muy ricas, pero tampoco lo saben.

—¿Cómo así, padrino? —pregunto sin entender…

—La riqueza la llevan dentro, Marifer, ¡en el alma!

Pocillos de puro barro

Formé un pocillo de puro barro, Teófilo me enseñó. Fue esa tarde atolondrada cuando el cielo no se decidía si por lluvia o por sol. Se deja caer una tormenta, pero desaparece la negrura porque por unas ranuras de las nubes se ha colado un sol juguetón.

—Eso, niña, es arcilla —me explica Teíto, mientras formo culebritas con el barro húmedo que se amontona en el arroyo que corre por las jardineras.

Me muestra más de ese lodo chicloso y lo unta con un poco de arena que esconde la Balta en un tonel, detrás del arbusto de chile. Y que ni se entere doña Rebequita de mi arena, Teófilo, por favor, le ha rogado ella, porque usa la arena para restregar las sartenes carísimas que encarga mi tía Rebeca por catálogo a los Estados Unidos. Y es que la Balta no cree en cosas de gringos: qué es eso de sólo lavarlas con esponjita, jaboncito y agua tibia, dice. ¡Pues no! En el puerto de donde yo vengo, se limpia la grasa con arena de la playa. ¡Qué esponjita ni qué ocho cuartos! ¡Y qué importa de dónde rayos venga la sartén!

Como les contaba, Teófilo mezcla ese barro con más arena y hojas secas que tritura con sus manos sabias, y hacemos un pocillo usando mis culebritas de lodo. Luego él hace otro, y otro más, y así hasta que tenemos muchos… Mientras, Daniel busca caracoles distraídos que se asoman por el arbusto de chile, y entretanto la Balta recoge de otro tonel el agua de lluvia que ha rebasado de las canaletas del tejado.

—¿No vamos a hacer más pocillos? —pregunto, aún con la boca abierta, por lo maravillada que estoy al ver todos los tazones de Teófilo y en especial el mío.

—Es un poco tarde, niña; mejor ayúdeme a llevarlos a las jardineras para que se sequen sobre los ladrillos. En tres días los cocemos y ya verá qué bonitos nos van a quedar.

—¿Tú piensas meterlos al horno? ¡La Balta va a enojarse! Teíto, ¡su budín de pan va a saberle a puro barro!

—En ese horno no, niña, ya verá… —dice y no entra en más detalles, porque se da cuenta que desde hace rato no vemos a Daniel y debemos ir a buscarlo.

Daniel se ha quedado dormido debajo del arbusto de chile, en sus manitas albergando un desdichado caracol, el cual Teófilo libera cuando toma a mi hermanito en sus brazos para entrarlo.

—Véngase el sábado con su nana, niña, cuando todos estén tomando la siesta, y me esperan al fondo del jardín detrás de los bambúes; vamos a hacer una gran fogata para cocer el barro —me explica un poco falto de respiración, porque Daniel ya pesa.

Cuando llegamos al jardín mi nana y yo la tarde acordada,

todo estaba listo: la gran zanja y dentro de ésta, sobre una capa de aserrín, esperaban amontonados los pocillos. A la par, había un costal lleno de estiércol de caballo que Teófilo había conseguido en la hacienda de mi padrino.

—¡Qué feo huele esto! —dice mi nana, poniendo cara de asco cuando Teófilo abre el costalón.

—Ayer por la tarde, cuando regresaba de la hacienda, por poco me bajan del autobús por apestoso, por eso no quiero que ni usted ni la niña Marifer lo toquen, ¿oyeron? Yo traigo guantes —afirma Teófilo.

—¿Es caca de caballo, Teíto? —pregunto sólo para cerciorarme, porque el olor me huele a las caballerizas del Pinto, a domingo por la tarde…

—Eso mismito es, niña.

—¿Para qué trajiste la caca hasta aquí?

—Vamos a ponerla sobre los pocillos, junto con el aserrín, para que con la quemada salgan los tazones manchaditos y brillantes; pero no se preocupe, niña, cuando estén cocidos ya no huelen…

Después, Teófilo se arrodilla y hace un rezo dirigido a la Madre Tierra, en agradecimiento, dice, por proveernos del barro de sus entrañas, y a su vez para implorar su perdón por las "cicatrices" dejadas cerca del arroyo, allí de donde sacamos el lodo mágico.

—¡Usted es agradecido hasta del suelo que pisa, Teófilo! —exclama mi nana asombrada—. Con mucha razón mi Diosito siempre lo protege, por ser tan bueno, pues.

En ese momento, no entendí del todo esa ceremonia de mi Teíto, pero ya de mayor comprendería mejor ese apego y ese respeto tan singular que sentía mi Teófilo hacia la Madre Tierra; costumbre que provenía, sin lugar a dudas, de su ancestro indígena.

De último, Teófilo colocó unos troncos de pino y de cedro sobre el acolchado de aserrín y estiércol que cubría los pocillos, y luego tapó la zanja con un pedazo de latón. Le prendió fuego y la dejó humeando durante veinticuatro horas.

El domingo por la tarde, cuando nos encontramos los tres nuevamente junto a la zanja, sentía mi corazón como un tambor alborotado que se salía de mi pecho; no aguantaba más el suspenso...

—¡Qué bueno! ¡No se incendiaron, Teíto! —exclamo feliz, al ver que debajo de las cenizas aparecen uno a uno los pocillos encogidos y todavía espolvoreados con restos del aserrín y excremento chamuscados.

—¿Vio, niña, qué chiquitos se volvieron? Es porque se les fue toditita el agua que les quedaba adentro: primero se secaron con el sol y el aire fresco, y después con el fuego se pusieron bien duritos, pues. ¡Ésa es la magia del barro! —explica elocuente-

135

mente mi Teófilo, pero yo ya no escucho nada, estoy demasiado impresionada con lo que veo; no logro salir del asombro…

—¡Qué bellos están, Teíto! ¡Gracias! —exclamo deslumbrada.

—¿Qué me dice de éste, niña? —pregunta luego de soplar las cenizas que cubrían al pequeño tazón.

Teófilo me muestra mi pocillo, el más feíto y chuequito del montón, pero que para mí era lo más precioso que había visto en toda mi vida. Yo había creado ese pocillo del puro barro, ¡yo!

—¡Corre, nana, vamos a enseñárselo a todos!

El costurero de mi tía Rebeca

En la casona de Mendiburo el tiempo sobra; es un estorbo. Hay tiempo para coser, tiempo para dibujar, tiempo para leer, tiempo para preparar un rico arroz con leche o un budín de pan. También hay tiempo para ver crecer las flores y oír el último canto de los pájaros cuando por las tardes se esconden porque les entra frío; esa sombra gigantesca de los árboles va cubriendo, como una sábana efímera y tenue, todo el jardín al despedirse el sol. La tarde tristona te da miedo y entras.

—Tía Rebeca, ¿qué coses hoy? —le pregunto al entrar en su recámara.

—Estoy subiéndole el ruedo a esta falda de tu abuelita, y después voy a zurcir unas medias de tu padrino.

—¿Puedo ver tu costurero?

—Por supuesto que puedes, Marifer, pero ¿no te gustaría terminar el ropón de tu muñeca que empezamos hace como dos semanas?

—No, gracias, tía; se te olvidó que ya cumplí diez años y que no juego con muñecas.

—Tienes razón —dice mi tía, sonriéndome con su sonrisa fresca—. Entonces ven, dame un abrazo, Marifer, de los ricos que tú das.

Aprieto bien duro a esta tía mía, cariñosa y aguantadora; estoica como sol de verano y necia como el marco de una puerta, lo único que queda en pie a la hora de un desastre. El último resplandor de la tarde se refleja en su cara redondita, en sus ojos sinceros llenos de compasión; pero lo que más admiro es su honestidad, porque ella siempre te habla con la verdad, como lo hacen las personas que son de veras íntegras. Yo creo que por eso mi tía inspira tanto respeto. Además, todo el tiempo anda vestida y arreglada como si estuviera lista para salir, con su olor a perfume suave, sus lindas prendas, toda ella una gran señora; tan refinada y auténtica como una pintura clásica.

—¿Por qué coses tanto, tía?

—No sé, se me pasan más rápido las horas. A veces se me hacen interminables estas tardes; así es la vida, hijita, hay que buscar siempre algo que hacer para entretener el tiempo… Tu padrino trabaja mucho; vive practicamente en la oficina, además ya sabes cómo viaja —contesta con un suspiro.

—Sí, ya sé…

Yo, mientras tanto, estoy arreglándole su costurero. Ya saqué varias tijeras y muchos carretes con hilos de todos los colores, agujas, alfileres, imperdibles, elásticos, encajes y retazos de tela; también está el dedal antiguo, recuerdo de su madre la tía Concepción, que ya hace un tiempo murió. El costurero es una caja de mimbre grandísima, tan llena de adefesios que parece que guardara allí hasta su vida... Y no me equivoco. Mi tía, ocupada con la falda de mi abuelita, no se ha percatado que le he vaciado el costurero entero. Con el pretexto de acomodar sus cosas he llegado hasta el cartón de abajo, una tapa dura forrada en la misma tela floreada del resto del costurero. Yo creía que esta tapa era el fondo de esa caja pero, ante mi asombro, algo más aparece debajo de este cartón: ¡otro compartimiento! Es un espacio de unos cinco centímetros de alto, que ocupa lo largo y ancho de todo el costurero. Aquí encuentro el famoso collar de perlas de mi madre y muchas fotos, también hay unos cuantos sobres amarillentos que nunca antes había visto, lucen viejísimos; como diría mi nana Peta, parecen ser del año de la pera. Algo me dice que no debo abrirlos, pero la curiosidad puede más que yo. Sólo voy a abrir uno; uno nada más, ahora que mi tía ni cuenta se da. El sobre que tomo tiene varios papeles, y uno de ellos me llama la atención: este papel está más desgastado que los demás y también está doblado en muchos cuadritos pequeños. Lo desdoblo con cuidado porque no quiero romperlo y leo unas líneas de un poema que adivino es de mi tía Rebeca, porque reconozco su letra. Por la fecha, parece que lo hubiera escrito de muy jovencita, tal vez a los dieciocho o diecinueve años, según mis cuentas, pero como ya saben, no soy buena para los números, así que no confíen ciegamente en mis cálculos. No encuentro el título del poema, pero sí una dedicatoria: *Para Samuel*. Aquí se los copié:

Si cuando en la tarde
se escucha un gemido,
del viento que busca
en la playa un olvido:
si en una palma ves
una patria morir,
piensa que fui yo,
quien te enseñó a sentir...

Y no puedo seguir leyendo más...

—Qué calladita estás, Marifer —observa mi tía, sin levantar los ojos de su costura.

—Me encanta ordenar tu costurero, tía, ya sabes... ¡Cuántas cosas bonitas tienes aquí! —contesto guardando todo rapidito y aplastando bien la tapa floreada del falso fondo, para que mi tía no se dé cuenta que ya conozco el escondite de sus secretos.

Desde hace años, mi tía no sólo cose para que se le pase el aburrimiento de las tardes melancólicas: también escribe poemas. Qué tal ese descubrimiento... Muy pronto le "ordeno" su costurero otra vez.

En la casona, el tiempo, si se asoma es un estorbo; ya se los dije: sobra.

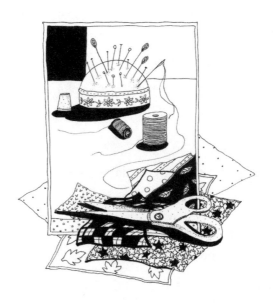

El baño de las torturas

—¡Pau! ¡Pau! ¡Pau! —se oye por ahí…

Son los golpes de todos los lunes a las cuatro de la tarde: la rutina para adelgazar de mi tía Rebeca. Ella dice que se siente como cerdito asado con manzana y todo, aunque yo no la veo tan gorda.

—Tú piensas que no estoy gorda porque me quieres, Marifer, seguramente me ves con ojos de bondad —dice, tratando de abrocharse su falda de color azul marino, porque según ella es la que más le disimula la gordura—. Mira nada más, si ya esta falda casi ni me entra y no hay de dónde sacarle, y eso que tengo puesta esta faja maldita que ya no la soporto… ¡Me hace ver hasta las estrellas de tanto que me aprieta!

Por eso los lunes por la tarde, después de la siesta y cuando mi tío Samuel ya ha regresado a la oficina, llega una masajista para ayudar a adelgazar a mi tía. Y qué bueno que viene los lunes, dice, porque así la ayuda a bajar la comilona de los domingos. Además, si baja de peso, ya no va a darle vergüenza ponerse su traje de baño cuando vayamos a la playa, y va a poder bañarse a gusto con Daniel y conmigo. Lo que pasa es que desde hace mucho, mi tío Samuel ni le menciona la playa, y eso que allí se

142

conocieron; allí en ese mar donde ya no la lleva porque está gorda, dice. Y una rara tristeza invade a mi tía cuando me lo cuenta...

—Ya llegó la matona insoportable. Anda, avísale a doña Rebequita —le ordena la Balta a Teófilo.

Mi tía se aparece con su bata, muy discreta como es ella, pero yo sé que debajo tiene sólo su ropa interior. Tal vez no se ha quitado su fustán de nylon, que por ser delgadito no abulta y se le puede hacer el masaje con éste puesto; porque ella no es indecente, dice. De todos modos, todavía no se acaba la hora de la siesta, y qué importa que la servidumbre la vea en bata, total ni mi abuelo está en casa. Ella entonces se mete al bañito blanco, el pequeñito que es medio baño, el que tiene una ventana minúscula que da al patio central, y en donde las toallas de mano son siempre de color rosa viejo, para hacer juego con el empapelado de florecitas de la pared. Es el bañito que siempre huele a fresco, porque Teófilo se encarga de perfumarlo a diario con magnolias de nuestro jardín. Y es en este mismo bañito, donde hay también una mesa larga que sirve para que doña Rosaura deje la ropa ya planchada, la cual después mi nana Peta organiza y guarda. Esta tarde no hay ropa: es lunes, por eso es que la mesa sólo está cubierta con unas sábanas blancas; parece una camilla de hospital con su banquito para subirse y todo. Una señorita vestida de celeste espera a mi tía Rebeca en la puerta del bañito, viene vestida de enfermera, pero no lo es. Tiene los ojos achinados, su pelo negro y grueso lo lleva corto y crespo; da la impresión de estar mojado. Es baja de estatura pero musculosa; sus brazos de boxeadora parecen querer explotar por entre las mangas de su uniforme. Trae un maletín de lona lleno de cremas, y también una paleta de madera que ocupa lo largo del maletín; parece una tabla de cortar sólo que con un mango más grande.

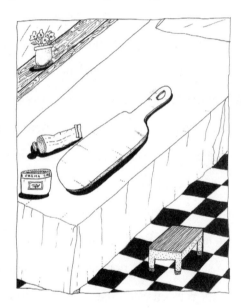

—Lista, seño' —saluda la karateca, acariciando con la palma de su mano la enorme paleta que saca del maletín.

—Sí, ya... casi... espérate un segundo... —contesta mi tía quitándose la bata torpemente.

Y en lo que mi tía se sube a la mesa, la matona me cierra la puerta en mis narices.

—Usted no puede entrar, niña. Váyase a jugar —dice la mujerona, pero no me voy.

Me siento en el suelo al lado de la puerta a esperar; estoy toda acurrucada con mi cabeza entre mis rodillas y mis manos en mis oídos, porque no quiero oír la paliza que se avecina. Escucho mi respiración agitada y mi corazón acelerado traqueteando a millón; luego, el ruido inerte de un silencio largo, bien largo...

—¡Pau, pau, pau, pau y recontra pau! —se oye al rato.

—¡Ay, ay, ay, ay, ayayayyyyyy! —se escucha después de cada golpiza.

Están matando a mi tía linda, pienso aterrada y se me salen las lágrimas, pero de allí no me muevo. Ya mi nana me ha explicado que esa "enfermera" llega a hacerle "masajes" a mi tía y que le da golpes con esa paleta en sus muslos, para que se le pongan más duras sus piernas y así la ayuda a adelgazar; pero yo no me creo ese cuento. Sólo sé que todos los lunes por la tarde, a mi tía la torturan. Además, quién va a querer pagar para que vengan a darle palos, por más fláccidas y gordas que luzcan sus piernas, nadie quiere palos. No, ¿verdad?

El bañito alegre entonces se transforma en un cuarto austero; al pensar en éste, toda entera tiemblo, porque esa frescura de flores se esfuma con la niebla de un recuerdo gris. La Balta lo llama "el bañito político", y es que ella sabe que tiene el poder de asustarme con tan sólo mencionarlo, como la pesadilla del gobierno que vivimos, dice.

—No se acerque al bañito, niña Marifer. Ese baño es como una dictadura, niña, se apodera de sus más tiernos sentimientos para volverlos sólo miedo.

—No entiendo nada, Balta, todos los lunes por la tarde me hablas de política, como si yo supiera algo de eso…

—No ve, niña, que incluso hay censura; ¿o acaso la dejan entrar?

—No, no me dejan —le respondo casi sin voz, porque sé que la Balta tiene razón.

—¿Ya vio, niña? No le digo, pues, que la matona esa se cree la dictadora soberana del baño. ¡Válgame Dios lo que tiene uno que aguantar…! ¡Porque yo también me muero de curiosidad, y a mí tampoco me dejan entrar! —exclama la Balta, exagerando bastante su alteración para ver si aunque sea así me río.

Pero, cómo reírme en una tarde como ésta. Siempre hago lo mismo: espero y espero junto a la puerta, hasta que el silencio y la desesperación me atontan, entonces toco de nuevo para ver si mi tía sigue viva.

—No se puede, niña, su tía todavía está ocupada —contesta de mala gana la matona.

Sí, claro, pienso en mi mente de niña grande que ya entiende muchas cosas, usted está dándole una gran tunda como a prisionero de guerra, y sigo pensando horrores... Vuelvo a taparme mis oídos para tratar de no escuchar "el pau, pau y el ayayay" que lastima, pero me quedo cerca, no puedo dejar a mi tía sola con ésa. ¡No puedo! ¡Simplemente, no puedo!

La hermana de la Chepita

Es alta y flaca, y toda lenta y lánguida, como si en otra vida hubiese sido una gata. Como habla poco, la gente se olvida de ella; si no fuera por la inmensa barriga de ocho meses que trae, podría casi volverse invisible. Ésa es Aurora, la hermana mayor de la Chepita, que va a cumplir veinte años y camina por la vida flotando etérea en un desierto de nubes lejanas, donde pocos se atreven a entrar. Hace tres años se fue de su casa para casarse: por algún motivo el novio se arrepintió, y ya no hubo boda. Ahora tiene un hijito precioso de dos añitos, morenito, que se cuelga de su falda y se esconde porque es penoso; Aurora está esperando su segundo bebé, y sólo llega a Mendiburo cuando el novio le pega o cuando se siente enferma. Esta tarde, la madre embarazada luce triste, tiene un moretón en el brazo y trae la barriga más puntiaguda que nunca.

—Mi mamá dice que va a ser otro varoncito. Así son las panzas de los hombrecitos —dice la Chepita tocándole la barriga a su hermana como si lo supiera todo.

—¿Tú crees? Te apuesto a que es mujercita —afirmo, como si fuera yo otra experta.

Pero hoy no es día de apuestas, en cuestión de segundos Aurora se ha sentido mal; se ha desmayado de repente y al caerse casi aplasta al pequeñín que se colgaba de ella.

—¡Mamaaá! ¡Mamaaá! —grita la Chepita, cargando de sopetón al sobrinito.

Yo me quedo tiesa, esa señorita preñada está retorciéndose como pez fuera del agua, tiene los ojos enrollados hacia arriba y de la boca le sale una espumilla blanca como jabón de platos.

—¡Otro ataque, mamá! —anuncia la Chepita, con su voz que suena a diario, como si hubiese presenciado ese horror muchas veces antes y ya no le diera espanto.

Doña Rosaura viene corriendo con una almohadita que le pone debajo del cuello a la desmayada y luego le sostiene la cabeza para que no se golpee.

—Ya prontito se le pasa, no te asustes, Marifer, no es nada, pues. Es sólo un ataque, un montón de gente sufre de este mal —me explica la mamá de la Chepita.

Mientras, la Chepita, como un relámpago de rápida, ya despejó una silla y movió hacia atrás la mesa de comer; ahora está también al lado de Aurora aguantándole el brazo izquierdo, que es el que más le tiembla. La cara de la enferma está blanca como una tiza pero luego empieza a tornarse morada; del esfuerzo, pienso yo, pero… ¡No! ¡No está respirando!

—¡Ay, Dios mío, que se le pase pronto! —clama doña Rosaura.

En el otro cuarto, el niñito penoso se ha puesto a llorar.

—¿Qué hago, señora? —pregunto asustada.

—Tráete un vaso con bastante agua, Marifer. Tú, Chepita, anda corre a entretener al niño, yo aquí atiendo a tu hermana —ordena como general de cuartel doña Rosaura.

Cuando vuelvo con el agua, Aurora, como si fuera un milagro, despierta de ese sueño enloquecedor. Ya no está morada y tampoco se mueve, pero su alma sigue escondida, muy lejos, sin la menor intención de regresar a su cuerpo. Y otra vez luce pálida, como si le hubiesen vaciado toda la sangre de sus venas; sus ojos de vidrios rotos, aunque abiertos, se han perdido en una tiniebla sin fin, y te miran fijos, sin verte. De pronto, mueve sus labios: sólo balbucea palabras que nadie entiende.

—Ya pasó, mi niña —le dice con cariño la madre como si fuera aún una bebita, limpiándole de su cara la saliva chorreada con el primer trapo que encuentra.

Entonces, veo que unas lágrimas corren por las mejillas de Aurora, y después de un largo rato esta buena señora le cuenta a su hija lo sucedido, como si hubiese estado la enferma en otro planeta.

—¿Qué voy a hacer, mamá? —pregunta Aurora con su voz insignificante.

—Nada, mi niña, ya todo pasó —contesta la madre, tratando de no flaquear, pero se le oye un desconsuelo que no puede disimular.

Aurora había sufrido esos ataques desde los quince años; por lo general, los medicamentos que le recetaban los médicos del Seguro Social la ayudaban a que pasara muchos meses sin las terribles convulsiones, pero como estaba embarazada no podía tomar la medicina, y por eso últimamente le venían los ataques más seguidos.

—¿Estás bien, Marifer?

—Sí, señora. Ocúpese de Aurora y no se apure por mí —contesto, haciéndome la valiente.

—Hay gente que piensa que esta enfermedad es un castigo del Cielo, Marifer, piensan que es obra del mismito demonio o que los desdichados que sufren los ataques están locos, pero no es así —explica doña Rosaura.

—¿Qué voy a hacer, mamá? ¿Qué voy a hacer…? —repite y sigue repitiendo hasta el cansancio la muchacha.

Sus palabras suenan como la súplica interminable de una vieja letanía.

—Diosito no nos abandonará, Aurora; tenga fe, mi hijita, todo va a estar bien. Ya pronto va a nacer tu bebé y vas a poder tomar las medicinas otra vez; mientras, nos encomendamos a la Virgencita, pues —responde ya más calmada la resignada madre.

En ese momento, entra al cuarto el niñito penoso con su sonrisa tierna a darle un beso a la mamá dolida. Nos llega al corazón de todas el ver tanto sentimiento en un niño tan pequeño.

Esa criatura se ha percatado del sufrimiento de su madre y la conforta en el preciso momento.

—¡Dios es bueno! Se los dije, ¡es muy bueno! —exclama doña Rosaura, acercándose al niño para besarlo ella también—. Ven pa' acá mi amor….

Llamita tomando sol

Entré como de costumbre al despacho de mi abuelo, a sabiendas de que podría verlo y tocarlo todo, porque esta tarde él no estaba en la casona. Su despacho lo mantenía atestado de repisas, donde se amontonaban libros de literatura y tomos enormes de historia y de arqueología. ¡A mí me intrigaba! Todo allí parecía tener un aire de importancia: sus sillones elegantes y cómodos de cuero oscuro, su escritorio de caoba fina, donde aún descansaban, desde hacía muchos años, una pluma y un tintero antiquísimos pasmados sobre un tapete de papel secante. En ese desorden ordenado había millares de artículos de periódicos y pilares de revistas, ya pasadas, pero que eran esenciales para los estudios arqueológicos de mi abuelo. Las paredes estaban cubiertas con mapas antiguos y modernos. Algunos mapas europeos, llenos de agujeros y aún con una que otra tachuela, de cuando mi abuelo, de muy pequeñito, y su padre, o sea mi bisabuelo, llevaban la cuenta del avance de los aliados durante la Segunda Guerra Mundial. "Con éstos aprendí geografía y cómo fueron presentándose los cambios en la estructura europea de la época: se esfumaban los países y se arreglaban en formas diferentes las fronteras", contaba mi abuelo. Pero a mí lo que más me intrigaba de ese cuarto no eran los libros ni los famosos mapas, sino la pequeña repisa prohibida para mí, donde tenía mi abuelo su colección de piezas de cerámica precolombina de Mesoamérica y América del Sur.

—Mira todo de lejos, María Fernanda, no te acerques mucho ni toques nada, acuérdate que la mayor parte de estas piezas son muy viejas. ¡Algunas tienen dos mil años! —recalcaba mi abuelo. Y creo que él pensaba que con uno de mis suspiros podría romperse su valiosa cerámica, y hasta yo misma me lo llegué a creer. La única pieza "joven" de ese auténtico homenaje a la belleza antigua, era el pocillito de barro chueco y áspero que yo había hecho con Teófilo en nuestra aventura en el jardín. Mi abuelo, orgulloso, había agregado este pequeño artificio a su colección, y lo mostraba con elogios a sus parientes y amigos que visitaban la casona. Cuando mi abuelo me invitaba a su despacho, me pasaba largas horas sentada en la gran butaca de cuero, haciéndome la que leía algún libro de historia, pero no podía quitarle la vista a esas piezas tan espléndidas que me miraban a su vez con asombro. A mi querido abuelito le había tomado años hacerse de esta colección tan singular. Por aquellos tiempos todavía era fácil la compra y venta de esas piezas, ahora todo eso había cambiado, y cerámica así, se encontraba más bien en los museos; esto hacía su colección aún más valiosa. Mi artefacto predilecto era una vasija escultural moche, que tenía la forma de un animalito; era el relieve de una llamita. Esta criaturita tenía una mirada melancólica: con sus patitas amarradas, había sido capturada y era una prisionera castigada. La increíble pieza estaba toda esculpida en un barro color anaranjado claro, con un brillo natural que sólo se obtiene sobando por horas la arcilla fina. Todo esto me lo había explicado mi abuelo, y es que los mochicas, según él, "eran expertos en esos acabados artesanales primitivos tan extraordinarios que, aún en nuestros tiempos, ceramistas modernos trataban de imitar".

Y esta tarde, algo inconcebible pasó: se apoderó de mí un deseo de acariciar esa llamita tan linda, y me olvidé de la obediencia natural que me caracterizaba. Sin pensarlo dos veces, me trepé por arriba del respaldar de la butaca y tomé a la llamita entre mis manos. ¡Era tan suavecita! La sobé y acaricié por lo menos diez veces mientras le miraba sus ojos inmensos llenos de llanto. Era un dolor que le había durado mucho más de mil años, como contara mi abuelo y según cálculos de los expertos.

—Piensa, María Fernanda, en el artesano mochica que la creó —dijo una vez mi abuelo—. No creo que jamás pudo imaginarse, que ese sentimiento de tristeza arraigado en este pequeño objeto, pudiese traspasar infinitas barreras de espacio y de tiempo; que pudiera inmortalizarse en su llamita, y que su pieza pudiera transportar al observador, a su mundo, piensa….

Pero en ese momento, sólo pensé cuán frío estaba el pobre

animalito, como que había estado demasiado tiempo lejano de cariño y de sol.

—Tengo una idea: voy a llevarte a mi jardín para que te asolees un poco.

Y corrí al baño a buscar una toalla para abrigar a la "afortunada" llamita… Ya en el jardín, la linda criaturita pudo verse, por fin, cara al sol. Me quedé con ella largo rato y se puso tan caliente que tuve miedo de que se me derritiera. Justo a tiempo, pasó Teófilo con su gran canasto de hojas muertas y alcanzó a leer mi pequeño letrero: *Sh… llamita durmiendo.*

—¡Niña Marifer! ¡Vamos a devolver eso pronto! ¡Antes de que llegue su abuelo, pues! —exclama el pobrecito, asustado con mi desobediencia y sin entender mi osadía.

—No le vayas a contar, Teíto, por fa'…

—¿Yo? ¡Si yo no he visto nada! Sólo sé que una llamita bastante entrada en edad anda tomando sol en nuestro jardín; está tan vieja y cansada que se ha quedado profundamente dormida —inventa guiñándome el ojo, y metiendo con mucho cuidado a la llamita en su canasto, para que nadie nos vea entrarla.

—¡Gracias, Teíto! —contesto con verdadero agradecimiento y alivio, y le prometo dejar a la prisionera en paz.

Nunca más volví a tocar la cerámica precolombina de mi abuelo, pero esa llamita siempre fue mi favorita, la pieza que me robaba la mirada al entrar a su despacho. Y aunque no me lo crean, sus ojitos, por un tiempo al menos, dejaron de llorar….

Flan de vida

Ya sé que la curiosidad que llevo por dentro es uno de mis peores defectos: a media tarde, mientras mi tía Rebeca se esmeraba haciendo el caramelo para un postre en la cocina, volví a husmear su costurero y encontré otro poema que me encantó. Lo copié.

Mi mundo es sencillo:
como el de las flores,
como el de los niños.

Vivo soñando bellezas,
sueño
olvidando tristezas;
construyo castillos
en nubes de risa:
busco ternura,
recojo sonrisas.

Colecciono miradas
y en las tardes claras,
prefiero conversar
sin pronunciar palabra.

Dibujo corazones,
remiendo servilletas
y bordo animalitos
con hilos de paciencia.

Mi mundo es sencillo:
como el de las flores,
como el de los niños.

Y como de costumbre, guardé rapidito el poema y me quedé con mi copia. El secreto de mi tía Rebeca estará siempre acompañando mis anhelos y nada más. Yo nunca la delataré. Es como tener una complicidad misteriosa, donde sin querer se compenetran su alma y la mía. Sí, ya sé, mi alma de niña curiosa, y la de mi tía, en cambio, noble y transparente, ¡bella!

Y esa tarde, mientras mi tía Rebeca me enseñaba cómo preparar su famoso flan, aprendí mucho más que una lección de repostería...

—Mira, Marifer, la vida es tan sencilla como la receta del flan.

Y entre mí pensaba: como su poesía... Pero de mi boca no salió ni media palabra que me comprometiera.

—¿Cómo así, tía?

—Escucha bien, Marifer. Siempre son cuatro huevos, poquita vainilla, una pizquita de sal y leche. Se usa mucha leche, una lata entera de leche evaporada y otra de leche condensada; mezclas todo y ya está. Lo pones en el molde donde dejamos listo el caramelo que preparé hace un rato. Luego, metes el molde al horno como te enseñé, a baño María, ¿viste qué fácil?

Más adelante, aprendería también que en nuestro horno tienes que sacar el flan justo a los cincuenta y ocho minutos; ni un minuto más ni un minuto menos, porque en el minuto cincuenta y nueve le salen esos huequitos fastidiosos al dulce, y tu postre ya parece queso suizo en vez de flan.

—Así es la vida, mi hijita —dice otra vez mi tía Rebeca con un suspiro—. Simple, como la receta del flan, y nadie se muere ni un minuto antes ni un minuto después. Y si haces todo con el debido cuidado y sigues bien tus recetas, al final, el flan de vida te sale bien.

Todo esto aprendí, mientras la tarde distraída se nos iba escurriendo a pocos; los olores de la vainilla y del azúcar dispersados por toda la cocina, endulzando de paso nuestras almas, la de mi tía y la mía.

El jugo de granadilla

Todas las tardes, como a eso de las tres, más o menos, Teófilo tiene la paciencia de colar el jugo de muchísimas granadillas, y de llevárselo heladito y con bastante azúcar al cuarto de la torre donde lo espera mi abuelita. Ella recién despierta de su siesta eterna que ha tomado desde el desayuno. Pero este ritual no es de ahora, no. Cuenta mi abuelito que hace una pila de años, cuando se les murió su primer hijito de una meningitis imposible de curar, mi abuelita también se enfermó. Tal vez fue por el insoportable dolor, consecuencia de la pena enorme por la pérdida de su niño, no se sabe, pero los médicos de ese tiempo pensaron que la enfermedad de mi abuelita era a su vez fatal. La pobre tenía unas fiebres que no se le aliviaban con nada, ningún medicamento le hacía efecto. No resistía alimento alguno en el estómago y se pasaba los días enteros en una vomitadera loca.

—¡Está gravísima! Lo siento, pero no hay nada que pueda hacerse por ella —exclamó el médico esa tarde del martes que vino a verla, y le dio sólo unos cuantos días de vida.

Al irse el médico, Teófilo encontró a mi abuelo llorando al lado de su esposa moribunda.

La situación económica de mi abuelo no era muy sólida ya que vivía de un pequeño sueldo, y además estaba pensando endeudarse para traer a un amigo médico del extranjero, para que le diera una segunda opinión.

—Don Alejandro, sólo quiero que sepa, que usted ya no tiene que pagarme por mi trabajo. Use el dinero de mi sueldo pa' las medicinas de doña Tomasita, ella necesita esos centavitos más que yo; también quisiera darle estos mis pocos ahorritos que se los pongo a su disposición, pues, pa' la señora —ofreció Teófilo.

Mi abuelo Alejandro, emocionado, no podía creer lo que acababa de escuchar. Además, la cantidad de dinero que este humilde empleado le ofrecía era suficiente para pagarle el pasaje a su amigo médico.

—¡Gracias, Teófilo! —alcanzó apenas a decir mi abuelo.

—Si me permite, señor, quisiera traerle un juguito de granadilla a la señora, tal vez se lo pueda tragar a poquitos…

—No veo por qué no podemos probar darle de ese jugo —contestó mi abuelo, aún incrédulo de lo que estaba sucediendo, y volvió a agradecerle entre sollozos, abrazándolo como nunca.

Teófilo fue entonces a colar las estupendas frutas llenas de pequeñas semillitas rodeadas de un moco transparente. De ahí extraía un néctar clarito que después mezclaba con muchísimo hielo y cantidades exorbitantes de azúcar. Mi abuelita empezó de repente a reponerse con ese pegajoso líquido que Teófilo no se cansaba de colar. Para mí, que Teófilo también consultó a algún hechicero para que le consiguiera alguna hierba sobrenatural. Seguro hacía sus cocimientos mágicos con esa hierba y se los mezclaba luego al jugo que colara con tanta bondad y paciencia. Porque cómo se explica uno que ningún médico pudo dar con el diagnóstico ni cura alguna para la enfermedad de mi abuelita, y en cambio ese brebaje le producía mejoría. Cuenta mi abuelo que siete días después de que Teófilo empezara con su tratamiento, llegó el amigo médico del extranjero. Al no poder darle él tampoco ningún diagnóstico, y al apreciar que la paciente mejoraba día a día con el poder de ese extraño jugo, aconsejó a mi abuelo no darle más medicinas a su señora y que siguieran paso firme con el régimen de las granadillas milagrosas. Y así fue como, gracias a mi Teíto, se recuperó de esa rara enfermedad mi abuelita. En cuanto pudo mi abuelo, le repuso a Teófilo el dinero prestado, y se lo devolvió con todos los intereses habidos y por haber; además, le dobló de inmediato su sueldo. Desde entonces Teófilo fue y es aún el ser más querido y respetado por la familia Muñoz.

Si hay santos en esta tierra, dice mi tía Rebeca, Teófilo es uno de ellos. También dice que la virtud vive encarnada en su ser; su nombre en latín significa "hijo de Dios", lo cual le viene muy bien, porque de veras, él es un verdadero hijo de Dios.

La cuna, el barbudo
y el padre del bigotudo

Cuentan que cuando nací, me instalaron en un moisés hermoso, lleno de blondas, cintas, encajes y bordados. Así recuerdo yo el moisés de mi hermanito Daniel, y según mi tía Rebeca, el mío fue aún más precioso. Cuentan también que la misma tarde que cumplí los cuatro meses de nacida, me pasaron a la cuna de hierro blanco que fuera de mi abuelo, la que usara después su pequeño hijo que murió de meningitis, y mi madre. Allí dormí yo, y a los pocos años le tocó la misma suerte a Daniel. Esa cuna sería a su vez de mis hijos, mis nietos y, si es posible, hasta de mis bisnietos y tataranietos. Así se hacían las cosas en Mendiburo, la tradición y los rituales imperaban. Uno debía seguir esas tradiciones de familia sin preguntar ni poner peros. Ante todo, se respiraba en la casona el respeto por los antepasados. La memoria de ellos se mantenía siempre viva en un lugar especial: la salita de estilo victoriano.

Sí, esa salita que sólo se usaba cuando venía visita... Por lo general, estaba fuera de límites para mí: no fuera a manchar los elegantes muebles o romper las finísimas porcelanas. Pero yo siempre me las ingeniaba para visitarla a mi antojo. Algunas veces me escondía detrás de las pesadas cortinas y, cuando me cansaba, me sentaba en la alfombra y, oculta entre los enormes sillones, me pasaba largas horas dibujando en mi cuaderno.

Me imaginaba ser la princesa del poema de Rubén Darío, que invisible ante los ojos de familiares y sirvientes pasaba desapercibida en el palacio real, planeando escapatorias para ir en busca de su preciada estrella. Disfrutaba, como la princesa, ver tanta belleza a mi alrededor: las porcelanas de Meissen, los cristales de Viena, las estatuas de bronce con sus miradas perdidas, los óleos italianos y de famosos pintores locales; todas las pinturas enmarcadas en cuadros exquisitos de laboriosos labrados. Este cuarto era, sencillamente, ¡una galería de arte! Había también en esta sala una mesa redonda de la caoba más roja que existía, al lado de un peculiar sofá. Este delicado mueble estaba tapizado con una tela de brocado francés en tonos de verde claro, donde se distinguían unos estampados de hojas de parra con sus respectivas uvas, en tonos crema y verde botella, delineadas con hilos dorados; todos los diseños eran hechos en relieve bordado. La mesa estaba cubierta con un tapete de terciopelo con visos de color rojo vino, para no desentonar con el color de la madera. Este tapete daba al suelo y arrastraba unos flecos de seda, en los cuales se confundía un manojo de colores: tonos rojos, cremas y verdes, que a su vez hacían juego con el sofá. Sobre este mantel había muchísimas fotos en marcos diversos de finos acabados; sobresalían los de cobre y en especial los de plata. Algunos marcos eran de madera forrada en pan de oro, y todos ellos contenían los retratos respectivos de mis abuelos, bisabuelos y tatarabuelos. También había una foto de un abuelo barbudo y otra de un bigotudo, padre del barbudo, que eran los abuelos y bisabuelos de mi abuelita. La foto más preciada, por ser la más antigua y según mi abuelo Alejandro un daguerrotipo, era la de un señor que lucía como Napoleón, porque llevaba la mano derecha en el pecho; ése creo yo, era mi tataratatarabuelo por parte de los Muñoz. Además, escondido entre tantas fotos, estaba un marquito de cuero negro que mostraba la imagen de un primo de mi abuelita que, según mi tía Rebeca, era un poeta de renombre. Me hubiese gustado conocer a ese tío poeta, porque algún día quisiera yo también escribir poesías como él, o como las que escribe mi tía Rebeca. El talento, dice mi tía, lo llevo en la sangre… También me cuenta que el gran Unamuno no empezó a escribir sus poemas hasta después de los cincuenta años.

—La poesía te nacerá, Marifer, eres muy joven aún, vendrá cuando menos lo pienses... ¡Te sorprenderá! —explicó con esas mismas palabras mi tía.

Se me olvidaba decirles que en el centro de la mesa había un marco color oro viejo que, por su delicadeza, resaltaba entre los demás. Era el cuadro más lindo para mí, porque en éste estaba el retrato de mi mamá: su rostro pálido con su eterna sonrisa, inalterable por las sombras del destino, y ella toda estilizada y moderna como un Lladró encarnado, donde lo más profundo de su ser, casi se podía palpar. Como de costumbre, llevaba puesto su collar de perlas y un vestido de piqué rosado claro, con florecitas bordadas en tonos suaves; de fondo había una puesta de sol maravillosa que parecía una acuarela, pero que no lograba opacar la figura de mi madre, con su pelo castaño y sus ojos claros repletos de atardecer: ¡una belleza!

La imagen que nadie muestra en esta casa es la de mi padre. Sólo sé que, en algún lugar, mi tía Rebeca tiene guardadas unas fotos de mi papá que un día, dice, cuando sea mayor, me las entregará; por ahora, la única fotografía accesible de mi padre está en mi mesita de noche. Es como tener a un príncipe árabe mirándote de lejos; así de guapo y moreno es mi papá, con sus bigotes renegros y su mirada tranquila. Sólo que desde su pasivo lugar no resuelve nada, no me llega su amor…

—Y mi papá, ¿cuándo crees que vendrá a verme? —le

pregunto ingenua a mi tía Rebeca.

Y es que hoy por la tarde me he colado con ella en la salita de estilo victoriano, con el pretexto de llevarle el agua para un florero que trae repleto de rosas frescas, como es su costumbre, para alegrar la mesa de las fotos.

—¿Tu papá? No lo sé, mi vida —dice al rato, volteando la cara porque el tema le molesta y no sabe cómo disimular...

Sus ojos se quedan fijos, mirando la foto de un niño que está en la famosa cuna de hierro blanco.

—Es el tío que nunca conocí, ¿verdad? —adivino al ver al pequeño niño en mi cuna.

—Él es. Pobrecito angelito, se murió de tan corta edad...

—Pero, y mi papá, ¿dónde está? —insisto.

Los ojos de mi tía ya no ven al niño de la cuna, ahora están pasmados en las fotos del abuelo barbudo y del bigotudo, padre del barbudo, como si estos personajes con sus rostros solemnes y sus miradas de sabiduría pudiesen soplarle, por un recodo, una mejor respuesta.

—No lo sé —repite nuevamente—. Ven, Marifer, ya es tarde, vamos a tomar el té.

Las alcachofas
y los modales

¿Alguna vez han comido una alcachofa? Digo, entera, de las que vienen con espinas y las hierven cuando frescas; no de las que salen de una lata o de un pomo y que ya están cortaditas... Ésas no tienen gracia, yo les hablo de las que te sirve Teófilo con sus guantes blancos, porque mi tía Rebeca esta tarde le pidió que se los pusiera, para el almuerzo que sería a las dos o dos y media a más tardar.

—Tenga cuidado, niña, que se quema su carita —me advierte mi Teíto, dejando en mi plato esa verdura rara que viene echando tanto humo, que tal parece que la hubiesen sacado del medio de un incendio.

No sé por dónde empezar a comérmela, pero felizmente mi tía Rebeca luego me ayuda. En Mendiburo era toda una ceremonia comer este aperitivo, antes del plato principal. Lo servían con la famosa salsa vinagreta, que no era más que un buen aceite de oliva, de España o de Italia, el país no importaba, sólo que fuera de la mejor calidad, y el vinagre tenía que ser de vino tinto. También se le echaba un poquito de sal y pimienta negra al gusto.

La Balta, que no sabía cocinar sin sus condimentos criollos, solía meterle un diente de ajo de contrabando, porque decía que éste era el ingrediente principal en cualquier salsa y que nada sabía bien sin ajo, menos una vinagreta.

—Empieza con una hojita, Marifer —dice mi tía Rebeca, enseñándome cómo poner la hoja tibiecita entre mis labios y por encima de la lengua.

—Es como tener dos lenguas, tía —hablo mientras chupo la alcachofa, y hago una mueca, porque no me gusta el sabor de esta verdura insípida ni mi doble lengua.

Enseguida me acuerdo de las visitas que están presentes en este almuerzo y, por educación, trato de disimular mi asco.

—¡Mo-da-les, Marifer! —me recuerda mi tía con una voz que casi no se escucha, haciéndome una seña para que coma sin hacer más muecas.

No quiere regañarme delante de las dichosas visitas pero, sin querer, ella también hace una mueca, porque la vinagreta tiene más sal que de costumbre.

—¡Qué salada quedó la vinagreta! —exclama haciendo otra mueca—. Teófilo, por favor, llévasela de regreso a la Balta para que la arregle.

Yo me río al ver la cara de nabo podrido de mi tía e imito su mueca; mi tía tampoco puede aguantarse la risa y se ríe a carcajadas, olvidándose de las visitas. Y sí, ya sé que no debo poner los codos sobre la mesa y, ¿dónde va la servilleta? Ah, sí, se me olvidaba: se come con la boca cerrada, y no se hace ruido cuando se toma la sopa, y no debo llevarme el pan entero a la boca; debo partirlo primero, y la sal no se da en la mano; se pasa poniéndola sobre la mesa, y no es superstición ésta, no. Mi abuelo dice que la costumbre viene de tiempos muy antiguos, cuando la sal era muy preciada y no podía desparramarse ni un solo granito. Y también debo recordarme de no hablar mientras como, no vaya a irse la comida por el camino "equivocado". ¡Con la mano no! ¡Qué barbaridad, niña! ¡Qué forma de comer es ésa! Se usan siempre los cubiertos: para eso están, ¿o no? Y las señoritas se sientan así, y se limpian la boca delicadamente, apenas con la puntita de la servilleta. Y así, y así, y así seguía la larga lista de modales que debía tener presentes al sentarme a la mesa, sobre todo cuando había invitados presentes, aun cuando comíamos en familia. Si no me comportaba debidamente, tenía que comer con el pequeño Daniel y la servidumbre en la cocina. Lo cual no era ningún castigo para mí, pero era el hecho de que te echaran de la mesa. Y además, nunca entendí por qué, mi nana Peta, Teófilo y la Balta debían comer aparte, en la cocina y sin manteles blancos. Según mi abuelo hasta en el cielo existían las jerarquías y la división de clases.

—¿Sabías, María Fernanda, que los ángeles no se mezclan con los arcángeles? —recalcó él en son de broma.

Fue la otra tarde cuando hizo ese comentario mi abuelo, porque le insinué que quería que todos los criados se sentaran con nosotros en la mesa del comedor principal, pero yo no me creí ese disparate; ese cuento de personajes celestiales y de jerarquías era demasiado absurdo, aun para mí.

—Cuando termines de chuparte todas las hojitas y llegues al corazón, me avisas para ayudarte a sacarle las espinas a tu alcachofa —me sugirió mi tía Rebeca durante el conmemorado almuerzo.

Yo nunca llegué al corazón, me cansé en la segunda hilera de hojas y luego le pasé la destartalada verdura a mi tía, para que ella se encargara de atacarla con todos los cuchillos y tenedores necesarios.

—Así como las alcachofas somos algunos hombres —comentó mi abuelo mientras partía el corazón de su alcachofa.

Yo ya sabía que lo que vendría sería una cátedra de filosofía, pero lo escuchaba atenta, porque sus inusitadas reflexiones me hacían pensar.

—¿Cómo así, Alejandro? —pregunta la tía que está de visita.

—Mire nada más esta alcachofa, con su capa dura y protectora por fuera, pero con un corazón blandito y tierno por dentro; hasta que la atacan con cuchillo en mano, por no decirlo de otra manera, surgen todos los sentimientos verdaderos de su interior —contesta mi abuelo, señalando el corazón de su alcachofa que anda bien apuñalado.

—Tiene usted razón, Alejandro —dice asombrada la tía que está de visita, y se queda pensando unos segundos—. ¡Es usted muy sabio!

—¡Brindemos por todos los hombres de corazón blandito y olvidémonos de las alcachofas, porque este filete de corvina que acaba de traerme Teófilo se ve delicioso! —agrega levantando su copa de vino blanco el otro tío que está de visita.

Como los niños generalmente no hablan en la mesa de los grandes, yo sólo observo y absorbo con minucioso detalle todo lo que sucede a mi alrededor. Tengo a mi abuelita al lado, ajena a tanta filosofía, sonriendo por compromiso e incómoda de estar en esa mesa tan grande, llena de copas, platos y cubiertos de todos los tamaños; rodeada de extrañas visitas y teniendo ella también que recordarse de todos esos modales que aprendiera de niña, igual que yo. Tampoco abre la boca, no vaya a ser que meta la pata, piensa, igual que yo. Mi abuelita, que siempre fue pequeña y flaquita, igual que yo; la que no termina de comerse nunca una alcachofa entera, igual que yo; la que no tiene una capa dura y por eso la lastiman fácilmente, igual que yo; porque lleva toda la blandura por fuera y un corazón sin protección, así igual, igualita que yo.

175

La covacha al fondo del jardín

Teófilo es un ser incansable, una máquina fabulosa de trabajo que no deja de admirarme. Hay tardes que llega agotado al jardín, con su café negro en una mano y su balde lleno de trapos de limpieza en la otra; Teíto a mí me intriga, y por eso me gusta espiarlo. Me escondo detrás de los árboles de bambú, para que no sepa que lo he seguido y que ya sé que se mete en la covacha al fondo del jardín a meditar por un buen rato. A los quince o veinte minutos sale de la covacha con su cara más serena, pero también luce más triste; ¿qué pena gigantesca alberga mi Teíto muy dentro de sí? Desde hace tiempo me imagino que lleva a cuestas una gran tristeza, pero ahora que ya tengo casi doce años y entiendo todo mejor, estoy segura de que su aflicción es aún más grave que la de su amigo muerto hace años en la hacienda.

Esta tarde, no ha cerrado la puerta de la covacha por completo. Me acerco con cuidado, subiendo los cuatro escalones de madera suavemente, para que no me sienta llegar al portalito, que está tan viejo que las tablas chillan y crujen adoloridas con cada pisada. La covacha no es más que un cuartucho polvoriento donde mi padrino guarda las monturas y riendas de su caballo, sus botas de montar, sus latas oxidadas de pastas para limpiar cuero, sus escobillas y no sé qué tanto más cachivache ecuestre. En este cuarto, la luz entra y sale a su antojo por las únicas dos ventanas ridículas, tropezándose con las sombras que se forman con el vaivén de las hojas de los bambúes, y cada atardecer la covacha se vuelve una penumbra solitaria, que se esconde atrás del jardín inmenso. Por eso es que allí viven tranquilas unas arañas grandotas y peludas que tejen a su antojo como distinguidas doncellas, sin que nadie las distraiga de su oficio. Pero esta tarde esos arácnidos no están en mi agenda, la curiosidad me lleva más allá del miedo a esas tejedoras empedernidas.

Escondida en el portal observo a Teófilo, quien cuidadosamente ha levantado dos tablas de ese piso empolvado y ha sacado una caja de zapatos. Espero impaciente mordiéndome la lengua para no hacer ruido, porque la curiosidad me mata por dentro. ¡No, no son zapatos lo que hay dentro de esa caja secreta! Ante mis ojos, en ese cuartucho somnoliento, Teófilo saca la foto de una mujer joven de piel oscura, de mirada honesta y trenzas largas, la cual carga un bebé en brazos. Es todo lo que alcanzo a ver, porque luego Teófilo pone la foto sobre un pañuelo limpio que traía en su bolsillo, y la coloca al frente suyo en el suelo. Después, Teófilo saca una foto más grande donde se muestra una bebita de como un año de edad, de pie, sosteniéndose de los pantalones de un papá. Tampoco distingo bien, pero parece ser la figura del propio Teófilo. Mi Teíto besa las dos fotos, tan absorto que no se ha percatado de lo cerca que estoy. Pasan unos cuantos segundos y veo que Teófilo busca algo más en la caja: es una bolsa plástica de donde saca unos botines diminutos tejidos en un color rosa pálido y los pone cuidadosamente sobre el pañuelo al lado de las dos fotos. De la misma bolsa saca un vestido pequeñito de bebé, de color celeste desteñido y un baberito que hace juego, con bordados de ositos en punto de cruz. Y hay más, de la caja Teófilo saca por último una muñeca de trapo, maltratada y viejita pero aún sonriente como muñeca que es. La toma en sus brazos y la mece como si fuera un bebé de carne y hueso. Le canta también una canción de cuna en un idioma indígena que no comprendo, pero suena como si fuera una melodía para dormir. Luego se persigna, reza unos rezos apurados que sí comprendo, y guarda todo con esmero; encubriendo la evidencia debajo de las tablas que acomoda a la perfección, para dejarlas intactas y que así nadie descubra su escondite. Después se toma el último sorbo de su café, pero ya no sé más.

He saltado del portalito como mono recién llegado de la selva y me he desvanecido por entre los árboles de bambú. Pobre mi Teófilo, pienso, cuando lo veo salir de la covacha con su mirada ausente.

—Su mujer y su bebita se murieron en un terrible accidente —explica mi nana, cuando le cuento lo que vi—. Por favorcito, niña, no le pregunte nada al Teófilo que anda atormentado, pues, con esa su pena de elefante que lleva a cuestas.

La covacha al fondo del jardín es ahora para mí un lugar

sagrado. Ya no juego a los vaqueros con Daniel como lo hacía hace tiempo, no sólo porque ahora pienso que esos juegos son de niños tontos, sino por respeto a esa señora y su bebita. Ahora sé que sus espíritus habitan imperturbables entre las tablas de la covacha; si acaso tan sólo en la ilusión y en la memoria de mi Teófilo con su sufrimiento eterno... Mi Teíto bueno, que tan mal la vida le ha pagado.

Le he enseñado a Daniel a persignarse cuando pasa por allí; cuando me pregunta ingenuamente por qué me quedo siempre tan pensativa cuando pasamos por la covacha, sólo le explico de la manera más sencilla que puedo...

—Escucho un canto, Daniel. Es una canción de cuna que a lo lejos alguien canta —le respondo tranquila.

—¡Qué locuras dices, Marifer!

Si alguna vez han escuchado al amor, éste canta y vive aquí; aquí en la covacha al fondo de mi jardín.

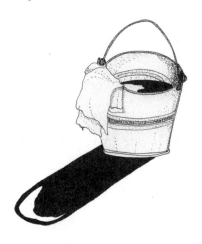

179

Mi primera poesía

Faltando una semana para que cumpliera los doce años, escribí mi primera poesía. Creo que lo que vi esa tarde en la covacha al fondo del jardín me cambió para siempre. También creo que desde ese momento quise realmente escribir. Sentí la necesidad de captar esos instantes con palabras escritas, no fueran a esfumarse con el viento, como las hojas de los bambúes que se van tan lejos... Mi tía Rebeca tenía razón, la poesía te sorprende cuando menos lo piensas. Y fue así, en ese atardecer al final del verano, cuando escribí mi primera poesía.

Si escuchas un canto
que se torna en llanto;
Si escuchas un rezo
que se oye en lo alto;
Si escuchas una voz
que brota de una flor,
Óyela, por favor,
que es mío ese canto.

—¿Crees que de veras esto es poesía, tía? —le pregunté esa misma tarde.

Entonces, mi tía Rebeca sacó del cajón de su mesita de noche un librito viejo y maltratado, el título borrado, pero cuando lo abrías, en la primera hoja amarillenta decía: *Rimas de Gustavo Adolfo Bécquer.*

—Lee esta rima: sí, ésa, la número XXI, Marifer.

Y leo.

—*¿Qué es poesía?, dices, mientras clavas*
en mi pupila tu pupila azul.
¿Qué es poesía? ¿Y tú me lo preguntas?
Poesía... eres tú.

A esa temprana edad me enamoré locamente de Bécquer. Leía todo cuanto podía acerca de ese poeta español tan romántico; aprendí sus poemas porque me parecían los escritos más bellos del universo, y no porque la tía Lucrecia me obligara a hacerlo. Le puse también música a una de sus poesías:

Volverán las oscuras golondrinas
en tu balcón sus nidos a colgar,
y otra vez con el ala a sus cristales,
jugando llamarán.

Pero aquellas que el vuelo refrenaban

tu hermosura y mi dicha a contemplar,

aquellas que aprendieron nuestros nombres...

¡ésas... no volverán!

—Marifer, ¡poesía eres tú! —afirmó esa tarde mi tía Rebeca, después de que juntas leyéramos esa rima pequeñita de Bécquer.

Como siempre, yo me lo creí. Después, con el pasar de los años comprendería mejor a Bécquer y a mi tía. Comprendería que lo que brota nítido de un corazón empapado de un sentimiento profundo, puede volverse en un instante... ¡poesía! Lo que sí debemos hacer, es dejar que la poesía nos guíe. Es como si nuestra voz dejara de repente de ser nuestra voz, para convertirse en la voz de la poesía misma.

—*¿Y tú me lo preguntas?*

Poesía... ¡eres tú!

Noches

Puedo escribir los versos más tristes esta noche.
Escribir, por ejemplo: "La noche está estrellada,
y tiritan, azules, los astros, a lo lejos".
El viento de la noche gira en el cielo y canta.

Pablo Neruda

Mi hermano Daniel

Daniel nació de noche. Debí haberlo odiado desde la primera vez que lo vi, pero no pude; siempre pensé que fue por él y por mi otro hermano, su mellizo idéntico, que mamá murió. También siempre comprendí que no podía culpar a un bebecito tan frágil y paliducho de algo tan atroz... Cuentan que no me movía de su lado. Apenas podía alcanzar a verlo, mi nariz con las justas llegaba al borde de su precioso moisés, todo bordado a mano por mi tía Rebeca. Fue amor a primera vista entre ese bebé y yo. Le costaba respirar, todos pensaron que moriría igual que su gemelo, pero no fue así: las ganas de vivir de Daniel sorprendieron a los pesimistas más incrédulos, y se salvó. Los abuelos consultaron con el mejor médico pediatra de la ciudad y le contrataron una enfermera de cabecera que no se separaba de su lado. Tenía esta mujer la manía de despertarlo de cuando en cuando, y esto por lo visto era algo bueno, ya que dormidito, algunas noches, Daniel dejaba del todo de respirar, y se ponía más morado que una remolacha hervida; al instante se escuchaban los gritos de desesperación de los familiares y sirvientes, seguidos por los rezos y súplicas de todos. Así se la pasaba Daniel: dándole sus buenos sustos a mis abuelos y a mis tíos que ya no hallaban qué más hacer.

Cuentan que yo acariciaba con mucha ternura a este hermanito más muerto que vivo, que se mantenía enrolladito y arrugadito como un cachorro asustado; le besaba su blanda cabecita hasta que solito se despertaba y empezaba nuevamente a respirar. Sus resuellos hondos de animalito sufrido parecían atorarse con el aire, hasta que poco a poco se tornaban normales y se llenaba el ambiente de una extraña serenidad, ya que los familiares presentes volvían, a su vez, a respirar. Yo trataba de soplarle más aire con mis labios, por temor a que no tuviera suficiente, y algunas veces aguantaba mi propia respiración cerrando mi boca hasta que explotaba, pensando que así habría más aire para Daniel. Luego, envolvía en mis manos pequeñitas las manitas aún más minúsculas de mi hermanito, y le cantaba la única canción que me sabía:

Los pollitos dicen "pío, pío, pío",
cuando tienen hambre, cuando tienen frío.
La gallina busca el maíz y el trigo,
les da su comida y les presta abrigo.

Se la canté más de cien veces, tantísimas veces que seguramente lo harté. Por eso mi hermanito decidió mejor curarse, para deshacerse de mí y de la enfermera metiche que no lo dejaba descansar a su antojo.

Según mi tía Rebeca, Daniel se salvó por mí. Mi amor por él conmovió a todos en mi familia, y me dio alas para volar muy alto. Soy la protectora de ese niño aún pequeño y flaquito, con sus facciones de angelito griego; con su pelo ondulado, rubio y sus ojos color de miel, tan transparentes y dulces como si fueran hechos de puro caramelo. Soy su hermana mayor, y él tal vez sea lo único que me quede cuando todos los demás ya se hayan ido... Daniel y yo, siempre, Daniel y yo.

El cuarto del refugio

Había un cuartito que daba al jardín, estaba escondido atrás del pasillo de los dormitorios, y era una salita familiar donde las visitas jamás ponían un pie. Mi tía Rebeca lo llamaba el cuarto del refugio, porque le servía a ella como su lugar de desahogo cuando se cansaba de la rigidez de los otros cuartos de la casona; este cuartito era uno de mis lugares predilectos para ver televisión, dibujar o simplemente mirar el techo y no hacer nada.

El cuarto del refugio no estaba vestido de lujos como las otras habitaciones. No tenía grandes candelabros con lagrimones de cristal, las cortinas no eran de fina organza y las mesas no estaban cubiertas de terciopelos pesados o de finos manteles bordados, donde descansaban todas esas carísimas porcelanas alemanas. No, este cuarto era diferente. Nada hacía juego y los muebles eran más bien un mejunje de estilos y colores. ¡A mí me encantaba! Todo lo destartalado, roto, descosido, arrugado, rayado y descompuesto venía a parar acá. Algunas veces, la tía Lucrecia o cualquier otro conocido se hartaban de algunas cosas, ya fuera una lámpara, un cojín o un mueble viejo, y se las mandaban a mi tía Rebeca para que ella las arreglara, las pintara o, por último, las regalara. De puertas absurdas mi tía Rebeca hacía mesas, de calabazas secas ceniceros o floreros y de cosas inusuales, inventaba objetos prácticos muy originales, como portapulseras hechos de candelabros o portabebés hechos de cajas de naranjas. Así es como todo contribuía al aire ecléctico que se respiraba en este cuarto tan particular. Aquí, donde andar sin zapatos o pararse de cabeza en los muebles no era visto como un crimen. No tenía que preocuparme de arruinar la alfombra o ningún otro mueble; también podía a gusto desparramar todos mis lápices de colores cuando coloreaba, porque a nadie le importaba otra raya más en la vieja mesa de vidrio.

Los objetos en transición se mantenían en cajas empacadas dentro de un gran armario. Una vez al mes, llegaban las Monjitas de la Caridad a recogerlos para llevárselos a la Casa de Beneficencia o distribuirlos a algún otro local, que a su vez surtiera de las necesidades básicas a los pobrecitos pobres, que vivían amontonados en los barrios periféricos de la capital. Era un sistema infalible donde muchos se beneficiaban. Sobre todo, le daba una entretención al alma creativa de mi tía Rebeca, que ya había encontrado algo más que hacer con su tiempo, además de coser y escribir. Ella disfrutaba retocando, barnizando, remendando y pintando todo lo que llegaba a sus manos; transformando en bello y sublime lo que antes fuera viejo y feo. Y, a pesar de que esta salita era un depósito cambiante que se llenaba y vaciaba muchísimas veces al año, siempre se mantenía en orden y decorada con mucho gusto.

Lo mejor de este cuartito era el gran ventanal que daba al jardín. Mi nana Peta y yo abríamos las cortinas al anochecer y nos imaginábamos el mundo de los animales nocturnos, inventando miles de lugares en donde los pajaritos podían refugiarse del frío y de la noche. Nos fascinaba contarnos historias tontas y algunas veces hasta macabras, para darle un toque de misterio a esas noches de invierno, cuando el jardín y la casona parecían envolverse en una soledad de hielo.

—Sabes, nana, que dice mi abuelo que al hombre más rico del mundo no le alcanzaría su fortuna para darle de comer a todos los pájaros que hay en nuestro planeta; son tantos los pájaros, nana, ¡millones!

—No se preocupe, niña, que esos pajaritos ingeniosos no necesitan que ese hombre rico les consiga su comida. Y ya que me tocó el tema, déjeme le digo, que bueno fuera, pues, que los "burros de arriba", ésos mismísimos que dicen ser del gobierno constitucional o como se llame lo que tenemos en este país, pusieran

en uso la sustancia gris del poco cerebro que tienen, y no malgastaran tanta lana, por gusto, en esta guerra sin madre, que sólo muertes y desgracias trae.

—¿Qué tiene que ver todo eso con los pajaritos, nana?

—¡Cómo que qué tiene que ver! ¡No pues, estamos hablando de comida! Todo es lo mismo: comida de la gente, comida de los pájaros o de cualquier otro animalito... El gobierno se gasta el dinero de la comida en guerras que nada bueno traen, ¿ahora me entiende?

—¿Tú qué tanto sabes del gobierno, nana? Si nunca te he visto leer ni un solo periódico.

—¡Mucho, muchísimo sé, niña! ¡Lo he vivido en carne propia! ¡Qué periódicos, ni qué periódicos! Mire nomás cómo me mataron a mi hermano el Juancho, el más inteligente, fuerte y guapetón de mi familia. Y mire nomás adónde fue a parar el infeliz, en medio del monte, con su batallón de cuatro gatos, luchando contra un enemigo fantasma que se le aparecía hasta en sus sueños; a saber de dónde vino la explosión que acabó con mi Juancho... porque nunca se supo jamás de dónde vino la maldita granada o lo que fuera que explotó; mi Juancho ni contar su historia pudo.

—Sí, ya sé, nana, eso fue tan horrible... Ojalá esos "burros de arriba", como dices, les dieran de comer a más "pajaritos" en lugar de gastarse el dinero, comprando tantos rifles, tanques y

qué sé yo cuántos armamentos más que sólo sirven para matar...
—le contesto con un suspiro típico de vieja como aprendiera de mi abuelita.

—Bueno, que tal si nos contamos otra historia; ya estamos poniéndonos muy tristonas con ésta —dice con otro suspiro mi nana.

—Sí, tienes razón, háblame mejor del Cuco, el de tu aldea en la selva...

—Ah, ¿usted quiere que le cuente de ese animalón raroso, mitad mono, mitad pájaro, más fiero que ocho leones enjaulados?

—Ajá.

—Ese monstruo que se roba a los niños de noche: ése que a los gorditos los hace papilla pa' comérselos y a los flaquitos... ¿qué hace, pues, con los flaquitos?

—No te hagas, nana, que te sabes muy bien tu historia.

—Ah, sí, a los flaquitos los mete en jarrones de vidrio y se queda con ellos pa' siempre, guardándolos pa' su colección, si alguien no los rescata antes del amanecer.

—Esa misma historia ridícula quiero, nana, pero con nuevos y mejores episodios, y ten mucho cuidado con lo que inventas, que ya no soy la niñita boba que todo se lo creía; ahora sé que todos esos capítulos anteriores fueron tan sólo cuentos tuyos para que de puro susto yo me comiera mis verduras y me tomara mi sopa. Esta noche quiero una historia verdadera de las buenas...

—¿Cómo dice eso, niña? Si usted ya sabe perfectamente que este Cuco de veritas existe, y en noches como ésta, sus alas más grandotas que las de un cóndor oscurecen con su enorme sombra la claridad de la luna llena. Ya sabe además, que este Cuco puede volar desde la selva y atravesar los cerros de los Andes, aunque tengan harta nieve, pa' después pasarse hasta la mismísima costa con el plan de robarse a los niños gorditos.

—Ay, nana, ¿de dónde inventas tanto? —la fastidio porque al darle más cuerda, sigue hablando tonterías y se distrae y no piensa en su Juancho muerto.

—¡No es invento, niña! ¿O acaso no ha escuchado hablar del famoso chupacabras? Pues, este Cuco de mi aldea es aún más fiero; se aprovecha de los niños desobedientes que se salen de sus casas por la noche y, ¡ayayay… pa' que le cuento! Cuando los padres buscan a sus hijos es muy tarde, pues el Cuco ya se los robó, y de veritas, niña, que lo que le cuento es la puritita verdad. ¡Como que me llamo Ruperta!

El viento incrédulo ya empezó a silbar afuera, meciendo las hojas y las ramas de los árboles a su antojo. De repente, pasa una sombra larga y se oye un gemido penetrante de un gato callejero.

—¡MIAUuuuuuu!

—¡EL CUCOOOO! —grito, y me tiro sobre mi nana para asustarla.

Mi nana se ha puesto más pálida que un pergamino fino y se ha pegado el susto de su vida, porque ella sí de veras cree en ese mono que también es pájaro. El grito que ha dado seguramente hasta al gato callejero ha asustado, pero después las dos en el suelo nos arrastramos de la risa y, felizmente, con el abrazo bien fuerte que le doy y las miles de disculpas que le pido, al rato me perdona.

—Niña Marifer, ¡prométame por la Virgencita linda, que nunca más me asusta así de feo!

Receta para dormir bien

—Si aireas las camas, por la noche duermes bien —aconseja mi nana Peta.

También dice que si además le echas a tus sábanas tres gotitas de agua de violetas, sueñas toda la noche con campos floridos de millares de florecitas: azucenas, dalias, margaritas, rosas, claveles, magnolias, tulipanes, nomeolvides, cerezos, manzanos, limoneros, y todas las flores y frutas del universo, sin que falten, por supuesto, las violetas.

—¿Estás segura, nana, que todo eso cabe en un sueño? —pregunto sin entender cómo en su cabeza puede alimentarse semejante fantasía.

—¡Como que Diosito existe! —contesta firmemente.

Y yo sé que como el Cuco de su aldea, todo esto de veras ella se lo cree.

La otra noche mis tíos no estaban en la casona, y a mi nana seguramente se le terminó su fragante agua de violetas, porque no logró rociarme mis sábanas con el perfume del monte. Desperté escuchando un gran sollozo que atolondraba la tranquila oscuridad de esa noche. Mis tíos andaban de viaje por los Estados Unidos: mi padrino había tenido que viajar a Nueva York para atender sus negocios y había invitado a mi tía Rebeca para que fuera con él.

—Algún día vamos a llevarte a ti también, Marifer, y por supuesto a Daniel; pórtate bien y cuida mucho a tu hermanito —dijo mi tía Rebeca al partir—. Ah, casi se me olvida decirte que tu nana va a dormir en un catrecito en tu cuarto para que tú y Daniel se sientan más acompañados.

Y así fue como esa noche, ese sollozo imponente que se le escapara a mi nana sin querer me despertó; Daniel en el cuarto de al lado, no la escuchó.

—¿Qué te pasa, nanita, por qué lloras tanto? —pregunto asustada, prendiendo la luz de la lamparita de mi mesa de noche.

—Estaba soñando… —dice primero, pero no le creo.

—¿Qué te pasa? Dime, por favor…

—Pa' qué voy a mentirle, niña, es por el joven Javier que lloro, pues —habla por fin mi nana, con palabras entrecortadas por el llanto.

—¿Qué hizo esta vez?

—¡Lo acuchillaron, niña! Está en el Hospital del Seguro Social, parece que no está herido de muerte, pero la puritita verdad, yo ya no sé ni qué creer… Lo trataron de herir en el pecho, pero felizmente en el lío de la pelea se volteó rápido, así que lo cortaron más que nada en el brazo izquierdo. Y todo por esas malditas drogas: debía harto dinero a los que se las proveían. ¡Era muchísimo dinero, niña! Yo le presté lo que pude el jueves por la noche, pero no fue suficiente. No tenía más, niña. Teófilo también le dio toda su plata, pero ni con eso alcanzó, pues. A la Balta ni le contamos, porque la pobrecita ya está mayor y no queríamos dejarla sin sus ahorritos.

Y mi nana lloraba aún más, con inconsolables gemidos y sollozos que penetraban como púas en mi alma; sus lágrimas de madre dolida eran tantas, que podrían hacer rebasar una piscina entera. Me acordé entonces de la señora de la poza… ¿Se acuerdan del cuento inventado por mi padrino cuando yo tenía como cinco o seis años? ¡Ahora lo sentía más real que nunca! Recordé también las palabras de mi tía Rebeca cuando me explicó que la señora de la poza tal vez era una madre que lloraba por sus hijos…

—Nanita, ¡tienes que ir a ver al joven Javier! —hablo nerviosa y apurada, alcanzándole su bata.

—¿Cómo voy a dejarlos a usted y al niño Daniel, pues, niña, justamente ahora que sus tíos no están? No quiero molestar a sus abuelitos a estas horas de la noche —responde llorando todavía más.

—No te preocupes, tú anda y despierta a Teófilo, dile que baje de la azotea y venga a quedarse con nosotros; puede dormirse en el sofá del cuarto del refugio. Con gusto lo hace; mientras, yo llamo a un taxi... Y toma —le digo, dándole todo el dinero que tengo guardado en el cofre de los piratas, que es donde ahorro las propinas que me dan mis tíos y mis abuelos—. No es mucho, pero con esto puedes pagar el taxi y tomarte algo caliente en la cafetería del hospital, por si te da frío.

—Gracias, niña, que mi Diosito se lo pague... —contesta un poco más aliviada, ahora que se le ha calmado el puro grito que llevaba por dentro y ha dejado de llorar.

—Y me llamas en cuanto puedas, nana, para que me digas cómo encontraste al joven Javier.

—¡Mi niña linda, es usted tan buena conmigo! —dice, secándose el último lagrimón y me abraza con su especial cariño.

Para suerte de mi nana, a los pocos días salió del hospital el joven Javier; adolorido del brazo pero más aún del alma. Por única vez le ha pedido perdón a su madre y le ha prometido someterse a un tratamiento de rehabilitación lejos de aquí, para no caer en la tentación de andar con sus mismos amigachos maleantes. También le ha hecho la promesa de trabajar mucho para reponerle todo el dinero que le debe.

—Si supiera, niña, que la plata es lo de menos; que le pague al Teófilo es lo único que le he pedido. Se le ve sincero esta vez, niña, ha topado fondo pues, cómo le digo… ahora sí estoy convencida que va a enderezarse mi Javier.

El joven Javier se fue anoche rumbo a la selva, para vivir con su abuelo Fulgencio, o sea el papá de mi nana. Don Fulgencio ya está bastante mayor y necesita que alguien mozo y fuerte lo ayude con los sembríos de café. Hace varios años mi nana le había hecho esa misma propuesta a Javier, pero éste nunca quiso aceptar por no dejar en abandono las noches de parranda, el juego y, por supuesto, las drogas, que lo amarraban aún más.

Mi nana ha vuelto a rociar mis sábanas y la funda de mi almohada con agua de violetas, y esta vez ha doblado su ración. Ha comprado un botellón enorme y guarda por si acaso otro de repuesto, para nunca más quedarse sin provisión; ahora, son seis gotitas las que recomienda.

—Pa' que duerma bien mi niña, pues….

Las sillas de los dragones y el espejo mágico

Todo sigue igual en la casona de Mendiburo: pasan los años y todo igual, menos yo. Esta noche lo he comprobado nuevamente al pasar por tercera vez delante del enorme espejo, el que está en el pasillo detrás del bañito de las torturas, al frente de las sillas chinas de los dragones negros, y el mismo que de pequeña, pensaba yo, era capaz de darme poderes extraordinarios; yo podía con esos poderes transformar a los temibles dragones de las sillas en sumisos gatitos... Sí, esas dos sillas horrorosas, que me daban pesadillas de chiquita pero a las cuales ya no les tengo miedo, siguen aún pasmadas en el mismo lugar, inmóviles, sin cambiar...

Y el arbolito enano, el bonsái que descansa en la mesa a la par, tampoco cambia, no muestra señas de crecimiento por más que mi tía Rebeca lo cuide, lo bañe a diario, le limpie sus hojitas y demás. Todas las cosas están cuajadas en un tiempo mágico inalterable. Las sillas, igual de feas, tienen en sus brazos los mismos dragones con sus bocas abiertas, que muestran lenguas de culebras venenosas; las colas de éstos se enroscan en los respaldares y las patas de las sillas, donde además de los inmensos monstruos, hay otros ornamentos de laboriosos y aglomerados diseños, que se despliegan en un magnífico relieve ondulante. Todo está tallado minuciosamente en una madera dura, que supongo debe ser de fina calidad. El acabado es un esmaltado negro brillante, como el de los pianos. Estos muebles le gustan mucho a mi abuelo, por eso mi tía Rebeca no ha podido regalarlos, aun usando como pretexto que le gustaría remodelar...

—¡Déjame mis sillas en paz, Rebequita! —reniega mi abuelo cada vez que mi tía le toca el tema—. Si supieras algo sobre la cultura china, entenderías por qué no es prudente regalarlas...

Y mi abnegada tía no hallaba qué hacer, porque sabía que esas sillas me daban terror, y además, ella las odiaba tanto como yo. Optó por cubrirlas todas las noches con sábanas blancas, para ver si así yo dejaba de soñar con ellas, pero esto no resultó. En mis pesadillas me atacaban esos fieros animales, envolvían todo mi cuerpo, enrollando en mis brazos y piernas sus voluminosas colas, y luego me quemaban la cara con el fuego que salía de sus lenguas abusivas.

Para que se me quitara el susto, mi abuelo me tomaba de las manos, luego juntos acariciábamos las cabezas de esas figuras mitológicas, y me decía que pensara en los dragones como fieles protectores de nuestra mansión.

—Repite conmigo, María Fernanda. No - ten-go - mie-do.

—No teen-go mieee-do, no teen-go mieee-do... —remedaba yo a mi abuelo lo mejor que podía, obediente niña que, asustada de pies a cabeza, no lograba combatir el terror.

Esos dragones protagonistas de mis terribles sueños están igualitos que siempre a la par del bonsái, y en el mismo lugar estratégico: en el pasillo a la entrada de la casa, para "asustar" a los ladrones, como todavía recalca mi abuelo. A las sillas no se les encuentra ni un solo rasguño, porque como me daban tanto miedo evitaba sentarme en ellas; también Daniel les tiene aún mucho respeto. Por eso, esas opulentas negruras pasan solitarias como dueñas y señoras del pasillo pero nada más. Y es precisamente por estas sillas que el arbolito enano no crece... De puro susto, pienso yo.

Yo ya tengo doce años y medio, y he cambiado muchísimo, desconozco este cuerpo que no parece ser mío. Me siento muy incómoda con mis nuevas curvas, y más todavía con el asomo inesperado de mis senos en la planicie de mi pecho, porque aparecieron sin previo aviso; sin ni siquiera preguntar... Lo peor es que hasta mis caderas se me han ensanchado y se me está formando una cinturita de avispa. Mi prima Mariluz, que tiene casi quince años, y ya no quiere que nadie la llame Rayitos, dice que soy tremenda boba, que por mis caderas no debo preocuparme.

—Con el tiempo van a serte útiles, Marifer; a los muchachos les van a encantar tus curvitas, ya verás —aconseja mi prima con su sonrisa inteligente que ya se volvió pícara.

Por otra parte, mi tía Rebeca dice que si escojo algún día ser mamá y tener bebés, lo de los senos y las caderas son requisitos indispensables para ese oficio. Yo sólo sé que todavía me siento niña por dentro, aunque a todos les diga que ya crecí; soy una verdadera intrusa en mi propio cuerpo... Estoy teniendo pensamientos que no quiero pensar, estoy sintiendo sensaciones imposibles de describir, y me veo en el espejo mágico, y quisiera que me transformara para poder ser otra vez como lo era hace sólo unos meses atrás. Quiero mi antiguo cuerpo sin gracia y sin curvas... Quiero ser la niña ingenua que todo se lo creía... Quiero otra vez creer en las aventuras de Aguamarina, en los encantos de la poza, en el tesoro de los piratas, en el Cuco de mi nana Peta, y también pensar que los dragones de las sillas de veras pueden convertirse en lánguidos gatitos. Quiero escaparme del mundo de los adultos y sólo mirarlo de lejos, como lo hacía por entre los bambúes del jardín cuando era pequeñita, imaginándome que un cristal encantado separaba mi mundo de fantasía, del mundo rígido y complicado de los grandes. Ahora que ya crecí, con congoja veo que el espejo mágico me ha fallado. Así que sólo repito, lo que repetía de pequeña cada noche al pasar delante de este grandioso espejo, que a mi pesar aún refleja las odiosas sillas.

—¡No tengo miedo! ¡No tengo miedo! ¿Entienden? ¡NO TENGO MIEDO!

¡Ay, qué fea, mi fea!

Siempre me sentí fea; tal vez porque lo era, tal vez porque de chiquita, de cuando en cuando, mi desatinada aunque dulce abuelita, me lo decía. Y no es que simplemente lo insinuara, no. Me lo decía en son de cariño, como si alguien le dijera a uno: mi reinita linda o algo por el estilo. Ella en cambio me decía: "¡Ay, qué fea, mi fea!" Y luego me besaba amorosamente, como seguramente besan la mayoría de las abuelitas. Desde muy niña comprendía sí, las palabras, lo que no entendía era ese tan honesto hablar en tono cariñoso, pero que hería la imagen de mi ser en lo más profundo.

La otra noche, por alguna rara confusión en los horarios de los sirvientes y demás parientes de la casona, nos quedamos solas mi abuelita y yo. Los tíos se habían ido al estadio a ver un partido de fútbol y se habían llevado a mi abuelo y a Daniel, el cual, a los nueve años, ya practicaba este deporte en su colegio con fanatismo de campeón. Se demoraron todos más de la cuenta y no calcularon que ni siquiera la Balta estaría para hacernos compañía. La Balta, que ya saben, vivía quién sabe dónde, tuvo que irse a la hora de costumbre, porque de lo contrario perdía el último autobús de regreso a su casa fantasma. Como nunca, mi nana Peta tampoco estaba en la casa: se había ido por unos días a visitar al joven Javier, y andaba allá por su aldea en la selva, no llegaba hasta el martes en la noche; por cierto, encontró a su hijo ya muy repuesto.

—Mi Javier anda con su pelo y su alma revueltos del buen aire forestal y oliendo a puro café —contó mi nana cuando llamó esa noche.

Teófilo estaba en el jardín asegurándose que el gran portón de la entrada estuviese bien cerrado, y echando agua a las terrazas antes de retirarse a su azotea para descansar. Así que en la casa sólo quedamos mi abuelita y yo.

—¿*Qué haremos?* —pregunta mi abuelita.

—*¡Robaremos!* —contesto yo, porque me sé desde pequeña esa rima tan sonsa.

—¿*Y si nos pillan?*

—*¡Correremos!*

—Corramos a la cocina, Marifer, para ver qué se nos ocurre hacer, ahora que estamos solitas tú y yo —dice bromeando mi abuelita esta noche que se siente tan bien, que de verdad correría si pudiera.

De puro aburrimiento, mi abuelita ha decidido hacer su famoso dulce de leche; ella sólo se asoma por la cocina cuando su enfermedad le da permiso, es entonces cuando prepara sus mermeladas y sus deliciosos dulces. Sólo en otra ocasión recuerdo que cocinara algo que no fuera un dulce. Me preparó una tortilla de huevo y tomate; yo tendría unos cinco años, y así como ahora, nos habíamos quedado solas en la casa. Lo recuerdo como si fuera ayer, porque a mí no me gustan los tomates, pero me comí su tortilla, por el hecho de que ella, mi abuelita tan enfermiza, me la había preparado con mucho cariño. También recuerdo la canción que me enseñara esa noche, porque de niña siempre fue una de mis favoritas:

Teresa, tiende la mesa.
Señora, tengo pereza.
¿Con qué se la quitaremos?
Con una gallina tiesa.

—Abuelita, ¿tú crees que me parezco a mi mamá? —le pregunto mientras le alcanzo un palito de canela entera.

—Por supuesto que te pareces a tu mamita, Marifer —me contesta sin desprender los ojos de la olla, donde con una cuchara de palo, va dando vueltas a la leche evaporada—. Tienes su misma mirada, concentrada, cautivante; tienes su sonrisa que deslumbra; felizmente, hijita, también sacaste su color de pelo y más importante que su belleza física, heredaste su optimismo, su amor por la vida y su alma generosa.

—¿Todo eso saqué de mi mamá? —le pregunto incrédula.

—Y mucho más, Marifer... —continúa mi abuelita, mientras su mirada se pierde en el hipnotizador laberinto de leche, azúcar y canela; su cuchara de palo, incansable, haciendo interminables remolinos que ahora espuman con el calor, aunque tomará algún tiempo para que aquel dulce tome punto y cambie su color para siempre.

Y no pregunto más, porque comprendo que ese dar vuelta y vuelta a la olla formando esos pequeños mandalas, es una terapia para mi abuelita, que intoxicada con tanto olor a dulce, ni se acuerda de sus penas. También hasta se le olvida que estoy allí; sus ojos fijos en el centro del laberinto de crema. Mi abuelita entonces tararea la canción que siempre canta cuando está contenta:

La luna de Roncesvalles
lava el pañuelo en la fuente:
lo lava en el agua clara,
lo tiende en la rama verde.

Repite esta estrofa hasta el cansancio... Me parece haberla escuchado antes, cuando mis abuelos me llevaron una vez al teatro. Canturrea y canturrea mientras mueve que mueve el dulce espeso de leche.

—Abuelita, ¿tú crees que yo soy fea? —le pregunto de golpe interrumpiendo su cantar.

—Por supuesto que no, Marifer, ¿quién te ha dicho semejante barbaridad?

—Tú —respondo muy suavecito con voz de hormiguita recién nacida, porque no quiero herir a mi frágil abuelita, que si le soplas se te desmorona.

—¿Yo? Debo haber estado demente, hija, o tal vez me refería a tu mona —responde en su tono más serio y algo alterada, porque no encuentra una excusa valedera.

Y me abraza y me asegura que soy su nieta adorada, y que por favor le pase ese pedazo de papa sancochada que está en ese platito sobre la mesa, y que la ayude a rallarla.

—Éste es el secreto para que el dulce de leche quede un poquito arenoso, Marifer. Así es tal como debe de quedar, por eso hay que echarle su poquito de papa rallada.

Me recuerda luego que no vaya a comentarle a nadie lo de la papa, que ella aprendió este secreto de repostería de su abuelita, y que ahora también es nuestro secreto. Y sigue removiendo el ollón, olvidándose de nuestra conversación como si nada más que su dulce importara. Yo también me he quedado absorta en ese remolino de leche que no tiene fin; nuestro discreto secreto perdido dentro de la olla, muy al fondo, sin un solo recuerdo hasta hoy.

¡Ay, qué linda, mi abuelita linda! Pienso mientras chupo la cuchara de palo con el delicioso manjar blanco, como le dice ella al dulce de leche. Y, por tan sólo ese instante, me he olvidado de que soy "su" fea.

Pan con jamón

La Chepita se ha mudado ya cuatro veces desde que la conozco, felizmente, siempre bastante cerca: hay mucha construcción nueva en Mendiburo y a su padre no le ha faltado trabajo. Doña Rosaura también ha seguido con su oficio de lavandera, y por lo tanto yo he podido ver a mi Chepita religiosamente cada martes y jueves después del colegio. Pobre de mi amiga que lleva una vida de gitana, aunque a ella no parece afectarle, y toma cada mudanza como una nueva aventura.

Además de la Chepita, tengo muchas amigas en el colegio de monjas La Sagrada Familia, donde me mandan desde el primer grado mis tíos y, aunque las monjas son muy estrictas, me la paso muy bien con mis compañeras de clase. Mi prima Mariluz también va al mismo colegio, pero no nos vemos mucho porque ella está en otro grado más avanzado y se junta ahora con amigas mayores. En cambio a la Chepita la veo siempre, y aunque estudiemos en diferentes colegios, ella sigue siendo mi mejor amiga. Nunca podré olvidarme la primera vez que cenamos juntas la Chepita y yo. Esa noche le pedí a la Balta que nos preparara unos panes con mantequilla y jamón, unas gelatinas y una ensalada de frutas. Después de mucha insistencia de mi parte, la mamá de la Chepita por fin accedió a que su hija se quedara conmigo a cenar. Nos sentamos como viejas a conversar en la mesa del comedor de diario, mientras la Balta nos preparaba la comida.

—¿Qué es esto, Marifer? —me pregunta la Chepita sacando el jamón de su pan.

—Jamón. ¿Es que nunca has comido jamón, Chepita?

—¡Nunca!

—¿Quieres probarlo?

—No, gracias, me como el pan así nomás y ya está —me contesta apenada con su voz de ratón avergonzado.

—¿Con qué comen en tu casa los panes? —vuelvo a preguntar asombrada y, aún más, desconcertada.

—Cuando hay plata para comprar camotes, mi mamá los corta en rebanadas y los fríe, después nos damos un buen atracón de pan con camote frito. Humm... ¡Vieras qué ricos le quedan esos panes a mi mamacita!

En ese momento, entra Teófilo trayéndonos unas limonadas frescas, hechas con los limones de nuestro limonero y preparadas con el mismo cariño de siempre.

—Teófilo, ¿sabes si tenemos camotes?

—Sí, niña, hay una canasta llena.

—Entonces, por favor, ayúdame a llevar estos panes de regreso a la cocina y después los guardas para el desayuno —digo levantándome de la mesa—. No me tardo, Chepita, voy un segundo con Teófilo a la cocina...

—Niña Marifer, ¡qué modales son ésos! ¡Y cómo es que dejó a su amiguita comiendo sola! Váyase al comedor con la Chepita que es su invitada —regaña la Balta.

—Baltita linda, Baltita de mi corazón... Tú crees que...

Ya me conoce de sobra mi tono de pedirle otro favor y, sin dejar que termine de hablar, me interrumpe.

—Ya tengo fritos sus camotes, niña. Me imaginé que la Chepita no sabría comerse el jamón —contesta la atinada Balta.

—¿Eres bruja, Balta? —le pregunto incrédula, porque cómo podría ella adivinar exactamente lo que venía a pedirle...

—¡Bruja no, niña, pobre nada más!

Y esa noche aprendí yo a comer la comida simple de los menos afortunados. ¡Esos panes con camote frito me supieron a gloria!

Los zapatos de la tía Lucrecia

Parece que ahora sí, el casamiento va en serio. ¡La tía Lucrecia ya no se queda para vestir santos! Ya era hora, ¿no? La otra noche ella ha llamado por teléfono a mi tía Rebeca, para que por favor le busque en el cuartito de los zapatos, unos calzados nuevos que comprara en su último viaje a la capital, y que dejara olvidados por equivocación allí. Son unos zapatos muy finos, forrados en raso color crema, y los necesita para su fiesta de despedida de soltera.

Cuando la Chepita y yo escuchamos a mi tía Rebeca mencionar el cuartito de los zapatos, nos hemos quedado frías. Hace poco, mi amiga y yo estuvimos haciendo travesura y media en ese cuartucho. Ese cuartito es casi como un clóset, tan pequeño como oscuro, que da al patio central y está lleno de zapatos viejos que trae la tía Lucrecia dos o tres veces al año. No quiere que se los regalen aunque ya no los use, dice, porque quién sabe cuándo regrese la moda de éste y de aquel otro, y que uno nunca sabe en qué momento van a serle útiles… Mi tía Rebeca ha tratado de persuadirla para que se anime a donar sus zapatos, diciéndole que la moda tarda más de veinte años en regresar y que para entonces sus zapatos van a ser unos vejestorios llenos de moho. Nada de eso entiende la tía Lucrecia, que envuelve cada zapato en pañuelos de algodón y luego los coloca por pares en ordenadas bolsas plásticas, cada par en su respectiva caja, estilo mausoleo.

Lo que sucede es que hace dos noches la Chepita y yo, de puro aburrimiento, nos metimos al cuartito de los zapatos para inventar qué hacíamos... Mi amiga estuvo copiando algunos diseños de zapatos que pudiesen hacerle juego a su colección de trajes, la que ha ido juntando con mucho esmero en su cuaderno de dibujo. Por ahora, los modernos vestidos de la Chepita sólo visten a mis *Barbies*, son ingeniosas confecciones en miniatura que crea con los retazos que yo le consigo del costurero de mi tía Rebeca. Algunos de sus vestidos los diseña en grandes cartulinas y, luego, yo soy la que le pinto las caras de encanto a sus modelos, las adorno con extravagantes peinados, y les agrego también delicadas manos y piernas inconcebibles de tan largas. La Chepita feliz con mi ayuda, porque dice que yo dibujo a la gente mucho mejor que ella; tal parece que mis figuras estrafalarias son el complemento perfecto para sus diseños de ropa sorprendentes. Y esa noche, mientras mi amiga dibujaba los zapatos en su libreta, yo estuve contando las cajas e inventándole historias a cada par que encontraba...

—Con éstos, la tía Lucrecia besó a su novio por primera vez —digo riéndome.

—Y con éstos, por enojona, su novio esa noche la dejó —contesta la chistosa de mi amiga, riéndose aún más.

Seguimos haciendo relajo con cada uno de los ocurrentes cuentos que inventamos, hasta que una voz, que seguramente es la de mi conciencia, me aconseja desde muy adentro que ya no debemos burlarnos más; que al final de cuentas, la tía Lucrecia es la hermana mayor de mi tía Rebeca, y que le debemos un poco de respeto por más antipática que sea. Todo está muy bien, hasta que nos llaman a cenar, y a la Chepita y a mí se nos olvida que en cada caja de zapatos hemos metido papelitos con las historias inventadas para cada ocasión. Brillante idea que tuvo la Chepita y que yo asentí porque en ese instante me pareció un pasatiempo genial. Además, después el juego consistía en que a cada una le tocaría adivinar el cuento de cada zapato, teniendo los papelitos como comprobantes por si la memoria nos fallaba. Esta distracción parecía tan inocentona: dos chicas aburridas una noche de invierno, inventaban historias a zapatos viejos. Lo malo es que este juego era también muy peligroso, esos papelitos comprometedores podían herir, sin querer, a un corazón inadvertido...

Por eso es que esa noche, cuando nos enteramos de que la tía Lucrecia había mandado buscar esos famosos zapatos color crema, la Chepita y yo salimos disparadas al patio para limpiar nuestras culpas en el cuartito de los zapatos. Mi tía Rebeca ni cuenta se dio, porque seguía hablando por teléfono con su hermana, que continuaba incansable, hastiándola con los infinitos detalles de los preparativos de su boda cercana. Mi amiga y yo, ya en el patio, bajo la luz de la misma luna que fuera testigo de nuestras maldades dos noches antes, y casi sin aliento, nos metimos dentro del cuartito. Con terror de las arañas y a oscuras, porque no quisimos prender la luz para que no nos descubrieran, fuimos enmendando nuestros errores uno a uno. Contamos treinta y cuatro papelitos con historietas amorosas que describían en detalle: bailes de salón, encuentros inesperados, paseos por la playa, pleitos en el parque, besos apasionados, despedidas en el puerto, citas en el cine, cafecitos a media noche y mucho más... porque son treinta y cuatro pares de zapatos los que acumula en ese cuarto la tía Lucrecia.

Cuando por fin terminamos, la Chepita y yo, exhaustas de tanto abrir y cerrar cajas, nos miramos con caras de alivio.

—¡Nunca más! —decimos las dos al unísono.

Nos vamos cantando y saltando por el patio, la luna mirándonos de reojo, muy complacida por cierto. Mi amiga y yo nos sentimos livianas después de liberarnos del gran peso que llevábamos por gusto en nuestros corazones. Y felices cantamos ahora la canción que es nuestra favorita cuando saltamos a la cuerda, sólo que esta noche no tenemos cuerda pero igual nos da:

Soltera, casada,

monja, viuda,

divorciada,

con hijos, sin hijos,

con uno, con dos,

con tres, con cuatro,

con cinco, con seis...

Así seguimos con el cantadito hasta llegar a treinta y cuatro, porque ése es exactamente el número que la Chepita y yo hemos escogido como el total de hijos que la tía Lucrecia podría llegar a tener, si se apura. Sí, señor, ni más ni menos, ¡igual que sus zapatos! Y a los pocos minutos, regresamos tranquilitas y nos sentamos a cenar como si nada hubiese pasado, pero la Chepita y yo sabemos que algo sí, de veras, pasó.

Debajo de la mesa del gran comedor

Esa mesa enorme que parece que perteneciera en el comedor de un palacio medieval, sí, esa misma mesa que está en el comedor formal y que parece sacada de un libro de historia antigua, siempre fue mi lugar preferido para esconderme y esperar a mi padrino cada noche a su regreso de la oficina. Desde que tengo uso de razón, aguardaba su llegada en mi refugio debajo de la monumental mesa, y tan sólo allí me sentía protegida de los maleficios de aquellos personajes malos de sus impredecibles sueños, porque estos personajes controlaban la mayor parte de mis miedos.

—El mantel de lino blanco es tu mayor protección, Marifer, contrarresta cualquier hechizo de Calistenia —explicaba mi padrino—. Métete debajo de la mesa y los vientos del mal no te tocarán jamás...

Todas las noches lo mismo: él se hacía el tonto como si no supiera que yo estaba ahí, y yo lo "asustaba" ladrándole como perrito, hasta que después salía de mi escondite riéndome.

—¿Te asustaste, padrino? —le preguntaba alcanzándole su servilleta de lino blanco, muy estrujada, porque la tenía "guardada" desde hacía rato para sentirme aún más protegida.

Por supuesto, ahora que ya crecí no hago semejantes chiquilladas, hace tiempo me siento a la mesa como las personas normales y no escondo las servilletas, pero todavía cada noche espero ansiosa la llegada de mi padrino.

La hora de la cena era sagrada para mis tíos y mis abuelos; por respeto, toda la familia llegaba al comedor muy puntual o se avisaba de antemano si alguien no iba a presentarse.

Esa noche yo esperaba y esperaba. Estaba muy impaciente porque como nunca, mi padrino se tardaba. Sentía que la noche se alargaba como un hilo negro interminable de zurcir… Los abuelos habían dispuesto que cenáramos, pensando que habría habido algún malentendido con Samuel, y al finalizar la cena se retiraron a su torre. El puesto de mi padrino aún vacío: su vaso de agua bien helada, sus cubiertos, su servilleta blanca y sus tres platos, todo listo y el señor no llegaba. Mi tía y yo esperándolo como cosa buena, como agua de mayo… Por fin, mi tía Rebeca le pide a Teófilo que retire los platos de la mesa porque nos íbamos a dormir; eran casi las once de la noche.

—Ya no tardará en llamar don Samuel, doña Rebequita —le dice el amoroso de Teófilo tratando de calmarla y alcanzándole luego una manzanilla bien caliente.

Después, Teófilo se quita sus guantes blancos y los mete tranquilamente en el bolsillo de su saco, porque desde hace rato esa etiqueta de mayordomo le estorba.

—¡Esta noche celebrábamos veinte años de casados, Teófilo! —habla con un sollozo mi afligida tía—. Yo estaba tan feliz…

—Lo sé —masculla Teófilo, porque él mismo se aseguró de cortar las rosas más bellas del jardín, para decorar la mesa esa noche de aniversario.

Con el llanto de las nubes se durmió la casona, y el puro terror se apoderó de mí esa noche que mi padrino no llegó. A las once y treinta y cinco sonó el teléfono: era el abogado del banco y amigo íntimo de mi padrino, que le avisaba a mi tía Rebeca que por motivos aún inconcebibles, habían detenido a Samuel Arzuleta. ¡Mi padrino estaba preso! Mi tía casi se desmaya ante la noticia, pero buscó su lado fuerte, se persignó y se vistió en un disparo. Cuando el abogado vino a recogerla para llevarla a la delegación, ella ya estaba lista. Vi por primera vez a alguien sentado en una de las sillas de los dragones negros…

—Ese tonto no sabe ni dónde está sentado —pensé en voz alta—. Ojalá sea un poco más precavido y audaz al tratar de resolver el asunto de mi padrino.

Y como tenía detrás al espejo mágico, me acordé de mi cantaleta de siempre y comencé a repetir: No tengo miedo… No tengo… En ese momento mi tía interrumpió mis pensamientos, me dio un beso y me mandó a acostar, asegurándome que todo iba a estar bien. Yo, por supuesto, sabía que eso ni ella misma se lo creía. A mi lado estaba mi nana con su pelo hasta la cintura hecho un desastre, porque en el apuro no le dio tiempo de hacerse su habitual trenza.

—Vámonos a dormir, mi niña, que la noche se nos acaba… Y ya no se preocupe más por su padrino, porque ese señor abogado, dice su tía, sabe harto desos asuntos de leyes, pues. Él va a poder componer el lío, ya verá…

Tratamos de dormirnos pero no pudimos: esa noche se nos hizo imposible de tan larga. En la negrura de mi cuarto quise, aunque fuera tan sólo por un instante, volverme otra vez esa chiquita, que cada noche esperaba —a su padrino que siempre llegaba— debajo de la mesa del gran comedor.

—¿Te asustaste, padrino?

Los días que no dejaron de ser noches

Han pasado un total de cinco semanas desde aquella terrible noche en que mi padrino no llegó. En las semanas sombrías que siguieron al trágico acontecimiento, y al igual que cuando yo nací, el cielo se congeló. Las nubes se tiñeron totalmente de negro, sin distinción de días, tardes o noches. Todo era una negrura realmente impresionante… Al menos ése era el sentimiento que se escurría por entre los muros grises y las paredes pardas de la casona de Mendiburo. Yo quería esconderme detrás de las sombras de la luna, pero ni siquiera ésta se asomó. Con un clavo se me ocurrió tallar lo que sentía en el tronco del gigantesco árbol de mora del jardín.

Si tuviera alas, volaría hasta ti y te abrazaría fuerte, muy fuerte...

Y cómo me hubiese gustado ser un pajarito, o mejor una paloma mensajera, para llevarle unas palabras de aliento a mi adorado padrino. En los países del Tercer Mundo primero te encierran y después preguntan. Esto fue lo que injustamente le había pasado a él. ¿Y el abogado? ¡Bien, gracias! No pudo disuadir con ningún tipo de argumento el fallo del juez esa noche fatal. Todas las semanas le rogaba a mi tía Rebeca para que por favor me llevara a visitar a mi padrino al penal, pero ella se excusaba diciéndome que aquel lugar no era propio para chicas como yo. Sin embargo, tanta fue mi insistencia bañada de lágrimas inconsolables, que la otra noche mi tía no pudo negarse más y me anunció que me llevaría con ella en su próxima visita.

Salimos de la casona cuando aún la noche era joven; tomamos primero un taxi que nos llevó hasta las afueras de la ciudad, allí donde los barrios se vuelven "malos", como les llama la gente "bien" a esos vecindarios, no porque las personas allí sean todas malas, sino porque la pobreza y la desolación imperan. En esos barrios, dicen, los malhechores abundan, te roban hasta lo que no tienes y en un descuido también te matan. Hay maleantes sueltos en cada bajada del cerro, y también se ven manadas de perros sarnosos, que acompañan a niños andrajosos y desnutridos con sus naricitas llenas de moco. Esos tristes niños andan descalzos, con los pies hechos un desastre y las piernitas infectadas de picaduras y llagas, pero lo que más duele es verles sus caritas sin risa, tan faltas de consuelo, porque el candor anda extraviado en medio de las funestas circunstancias que los rodean. Allí se encuentran inmensos basurales donde revolotean las moscas, y donde los más pobres de los pobres van en busca de algún objeto servible: un cartón para remendar un techo, un latón para acarrear agua, un trozo de pan duro que sin duda será la cena para el afortunado que se lo encuentre.

En ese arenal eterno frente al cerro de la Asunción, que con la intensa neblina sólo la punta se veía, y en la esquina donde un poste de luz amarillenta iluminaba el único pozo de agua que surtía a la zona, allí nos dejó el taxi para esperar, a esas horas, al autobús que nos llevaría hasta el penal. Mi tía Rebeca temblaba no sé si de miedo o de frío, y yo trataba de disimular el terror y la angustia que me rondaban a mí también. Felizmente, a los pocos minutos, nos dimos cuenta de que en la misma esquina una tienducha de abarrotes abría sus puertas, proporcionándonos un refugio temporal mientras esperábamos bajo su umbral.

—¿Tienes frío, Marifer? —pregunta mi tía abotonándome mi abrigo.

—No tanto como tú, tía —contesto tiritando del puro susto.

La negrura de esa noche envolviéndonos en su bóveda inalcanzable, tan inmensamente alta y sin estrellas...

Por fin llega el autobús y con nosotras se suben tres personas más: dos mujeres, una joven y otra cuarentona, y un hombre bajito con bigotes; están todos mal vestidos. La mujer joven tiene una tremenda panza y sus ropas apretadas delatan lo avanzado de su embarazo, parece estar a punto de dar a luz. La mujer cuarentona trae una tos de perro tuberculoso y luce tan escuálida como enferma. El señor bajito fuma como si fuera hoguera de invierno y se acaricia sus bigotes sin descanso, como si sufriera de un tic nervioso; todos nos miramos pero nadie habla. El silencio insólito de ese autobús sólo se ve alterado por el sonido ensordecedor del motor cuando vamos en subida, y los innumerables baches de la carretera nos remueven los huesos como si quisieran despertarnos de una pesadilla sin fin. Después de más de una hora en ese sucio y maloliente autobús, llegamos a la puerta misma del penal, una enormidad compuesta de puros barrotes de hierro oxidado. A la par, los omnipotentes muros culminan en un enredado alambre de púas. Un guardia uniformado le hace una seña al chofer para que se detenga y luego entra a revisar el vehículo: se bajan todos, menos nosotras, porque los demás ya tienen sus pases de entrada.

Allí nos quedamos mi tía y yo, muertas de frío en ese autobús incómodo, hasta que luego nos llevan a un cuarto grande donde hay varias hileras de gente esperando ser registradas para poder entrar. Esperamos tal vez unos veinte minutos hasta que nos toca nuestro turno, y una mujer guardia le indica a mi tía que destape la caja que lleva.

—Son galletas de avena para mi esposo…

—Abra —ordena la mujerona.

Y mi pobre tía abre obedientemente la caja de latón, donde además de las galletas hay también una pequeña tarjeta hecha a mano, y en medio de unos corazones rojos y rosados pintados con acuarelas, se lee una dedicatoria…

Para mi adorado padrino, con el amor de siempre,

Marifer

Y luego una posdata…

Acuérdate, padrino, de los caballos de los conquistadores…

Y seguía unas líneas más con su poesía favorita.

¡Los caballos eran fuertes!

¡Los caballos eran ágiles!

Esa tarjeta era el único objeto bello en ese inmundo local.

—Esto no pasa —dice la guardia poniendo la tarjeta al lado con un brusco gesto—. La recoge, si desea, a la hora de salida y la manda después por el correo oficial, para que pase por la censura establecida que indica el código número veintisiete del documento reglamentario del penal.

—Pero si la pinté yo… —trato de explicar, pero no termino de hablar porque mi tía me hace una seña para que no diga más.

Luego la mujer me ordena meterme a un cuartucho oscuro y chiquito, casi como un vestidor de tienda pero con una cortina de tela tan gastada, que si no fuera por la cantidad de mugre pegada que tiene, casi sería transparente.

—Muchachita insolente, quítate de una vez el abrigo y los zapatos, extiende los brazos y abre las piernas. Rápido, que se me acaba la poca paciencia que me queda…

Me soba por todas partes con sus manotas toscas la guardia atrevida, y después me pasa por un detector de metal. Se me salen las lágrimas, no sé si de vergüenza o de rabia. Lo mismo hacen con mi tía que está en el cuarto de al lado, pero a ella

232

después de revisarle la cartera y hasta lo que no lleva, le han hecho quitarse el vestido y la han dejado en fustán. De pronto, me dice la mujer que la siga. Me mete en otro cuartucho igual, sólo que éste está al final del largo corredor, donde se encuentran los otros vestidores y lejos de donde se quedó mi tía. Ya dentro, se me acerca la guardia y cuando habla siento su aliento fuerte, un tufo a puro pescado podrido.

—¡Ni te atrevas a chillar, chiquilla! —amenaza y me empuja contra la pared, tapándome la boca con su manota áspera.

Con su otra mano empieza a levantarme mi blusa y a sobarme el vientre debajo de mi ombligo. ¡Yo estoy erizada de espanto! ¡Tiesa de pavor! ¡Nunca nadie me había tocado así...!

—¡NOOOOO! —trato de gritar, pero las palabras se me quedan atoradas adentro; su mano aún aplastando mi boca.

De repente, abren de un tirón la cortina y la mujer me baja rápido mi blusa para no delatarse.

—¡Que no se te pase la mano con ésa! —le advierte la que entra; parece ser la jefa—. ¡Esta vez sí te reporto, Agripina!

Y no termina de reclamar cuando suena de súbito un pito entumecedor...

—¡Cambio de guardia! —grita alguien.

—¡Vamos, apúrate, Agripina! —ordena la jefa al salir.

—¡Te salvaste, idiota! —me insulta con su voz de hombre la abusiva de Agripina, tirándome mi abrigo.

Salgo desesperada a buscar a mi tía, mis piernas todavía temblando, y recién me doy cuenta de que el cierre de mis bluyines me lo ha bajado la mujerona indecente. Cuando veo por fin a mi tía, corro a abrazarla y quiero contarle todo, pero al ver su cara de angustia, mejor no le digo nada...

—¿Adónde te llevaron? ¿Estás bien, Marifer? —pregunta mi tía con el susto en la garganta.

—Sí, tiíta, estoy bien —contesto con mi mejor voz, y me ofrezco a ayudarla con el cierre de su vestido para que no vea mis tremendos lagrimones. Tengo aún más terror que vergüenza...

En eso se aparece otra guardia con nuestra caja de galletas (que pesa menos porque los guardias ya se comieron más de la mitad) y nos da órdenes para que pasemos a otro cuarto. Este cuarto de espera es tan grande como un salón de clase, pintado de verde botella y más repugnante aun que los anteriores. Las paredes destartaladas y mugrientas están todas pintarrajeadas con obscenos mensajes en tintas de lapiceros de todos los colores. Además, sobre los zócalos y parte del linóleo del piso hay unas manchas amarillentas. Es fácil adivinar que son de orines, porque se siente un olor penetrante, rancio —como de cañería rota— impregnado en toda la habitación. Y ojalá eso fuera todo... En un rincón hay también un salpicón enorme de unas manchas de color rojo oscuro que parecen ser de sangre seca. Me muero del asco, quiero taparme la cara para no sentir náuseas pero no puedo: éstos no son momentos para andar con cobardías. Así y todo no puedo dejar de pensar en las cosas terribles que pudieron haber sucedido en ese cuarto de espantos. Los únicos muebles que hay se resumen a tres sillas de metal y una mesa con una pata rota. Un bombillo que cuelga de un alambre pelado se mece en un vaivén hipnotizador cada vez que abren o cierran la puerta, pero hay que sentirse dichosas, sin ese bombillo insignificante, no tendríamos ni siquiera ese poquito de luz que nos envuelve como en una caricia tenue contrastando con la agobiante oscuridad del resto de la pieza.

Nos hemos quedado mi tía y yo agarradas de la mano, sudando frío, sin atrevernos siquiera a pestañar... Y esperamos una media hora hasta que otra mujer guardia más hombruna que la anterior abre la puerta.

—¿Nombre del preso? —pregunta con su voz de animalón.

—Saoul... digo, Samuel... Sí, Samuel Arzuleta —corrige rápidamente mi tía en un tono que desconozco, porque jamás le había escuchado esa voz sumisa de ardilla atrapada.

Y la mujerona malcriada se va de regreso sin decir ni una palabra más y nos deja otra vez en la espera, media hora y media hora más. Yo sentía que me asfixiaba en esa habitación sin ventanas, la tensión me mataba y un silencio abrumador inundaba de espesor el ambiente de ese cuarto y mis pensamientos. En eso estaba, cuando mi preciado padrino se asoma por el pasillo con la guardia malencarada a su costado.

—¡Número mil cuatrocientos noventa y ocho, tienes hora y media! —anuncia la mujer con un grito tirándonos la puerta, que suena como si un mismo trueno hubiese reventado al lado.

Ya no escuchamos nada más porque vamos a abrazar al número ese, que es mi padrino tan querido y lo llenamos de besos mi tía y yo, sordas de felicidad; luce más delgado y está bastante pálido y ronco pero se le siente tranquilo.

—¿Te pegan, padrino? —le pregunto muy en serio.

—¡Por supuesto que no! —contesta tratando de disimular su vergüenza, sus manos esposadas...

La hora y media se siente como minuto y medio, y sin dejar ni un segundo de estar abrazados los tres, nos la hemos pasado hablando en susurros, para que los guardias estúpidos no escuchen nuestro cuchicheo.

—¿Y Aguamarina, padrino? —le pregunto para llevar una nota de ensueño a ese horrible lugar.

—La ingrata no ha venido a visitarme ni una sola vez —dice tratando de reírse y promete no mencionar a la desertora nunca más.

—¡Qué bueno! ¡Esa Aguamarina ya me estaba cansando! —le respondo fingiendo alivio.

Y así fue como ese personaje tan "real" de los sueños de mi padrino quedó junto con otros sueños, olvidado en ese apestoso penal.

Creo que con esta experiencia tan desagradable, la niñita inocente y engreída que era yo, de una vez por todas se perdió en aquel lugar. En esa asquerosa cárcel y en ese día que no dejó de ser noche, crecí tres centímetros, no de tamaño pero sí de entendimiento. Tal vez esa noche se me coló la sensatez por entre las rejas del penal y me volví mujer: tenía tan sólo trece años.

A la salida sentí que todavía la desolación me perseguía... Antes de subirnos al autobús que nos llevaría en ese lento camino de regreso, miré por última vez al cielo negro inmenso.

—¡Tía, mira! ¡Una estrella! —exclamé.

Y de veras era la estrella más hermosa que se hayan podido imaginar... Muy a lo lejos y detrás del cerro de la Asunción, aparece de repente un poco de luz clara, un resplandor fabuloso que se convierte en un sol radiante; logrando por fin transformar en verdadero día, ese día que fue noche.

Café con Leche, el perrito que es Campeón

Pasaron noventa noches y noventa y tres noches más sin poder aclararse la situación de mi padrino. Con decirles que mi tía Rebeca hasta se adelgazó y despidió a la matona que venía a darle los golpes pagados todos los lunes por la tarde, no sólo porque coincidía con el día de visitas en la cárcel, sino porque suficientes golpes y palos estaba dándole ya la vida de gratis; por fin comprendí el significado de los golpes de la vida en la poesía de César Vallejo. La leía casi todas las noches para consolarme, porque esos golpes del "odio de Dios" tenían que ser aún más fuertes que los golpes que nos estaba tocando vivir a mi familia y a mí durante esos meses de desesperación. La estrella que con su luz nos anunciara el buen agüero esa noche en el penal de seguro se confundió, pensaba yo. Me sumí en mis dibujos y en la escritura y así evité males mayores; logré por primera vez apreciar el esfuerzo de mi tía enojona Lucrecia, porque el tratar de embutirme de literatura a tan temprana edad, para algo sirvió. Encontré un consuelo en esos poemas de autores hispanoamericanos y españoles con sus diferentes estilos y provenientes de todas las épocas, y también me escabullí en el mundo mágico de las novelas. Para pasar el tiempo y aliviar la desesperanza, mi tía Rebeca se dedicó de lleno a sus obras caritativas y escribía hasta tardísimo en la noche, sin importarle ya quién se diera cuenta. Mi abuelo Alejandro se pasaba largas horas en gestiones con los abogados y, como estaba tan ocupado, tuvo que olvidarse por algún tiempo de sus estudios de historia y arqueología. Mi abuelita, en cambio, aprovechando el reciente sufrimiento que la invadía, volvió nuevamente a encerrarse en su torre, y Teófilo tenía que prepararle una mega dosis de jugo de granadilla para mantenerla hidratada, porque la pobrecita ya casi ni comía y lloraba sin consuelo, aunque algunas veces no se recordaba ni el porqué de su tristeza.

Para ablandarnos la pena de la ausencia, el buena gente de Teófilo nos consiguió una nueva mascota a Daniel y a mí. Era un cachorrito con pedigrí que le regaló una familia vecina, la cual apreciaba mucho a nuestro Teófilo por vaya usted a saber qué favor que le debían.

Teófilo se apareció esa noche con un perrito precioso de una raza irlandesa poco común, era de color café claro y parecía primo hermano de *Lassie*, aunque mucho más pequeñito. Me lo puso en mis faldas y, tembloroso, el asustado cachorrito me lamió el brazo. Desde ese momento hemos sido fieles amigos, acompañándonos en todas las tragedias y comedias de nuestras vidas. Yo quería ponerle por nombre Café con Leche, por los mechones blancos y marrones que se le alborotaban graciosos cuando se sacudía su pelo, pero Daniel quiso que lo llamáramos Campeón. Al perrito le encantaba correr y mi hermano pensó entrenarlo en el fútbol, y además sus antepasados los *shelties* irlandeses, por ser perros pastores, eran campeones en el oficio de corretear a las ovejas.

—¡CAMPEOOÓN! ¡Cafecito CAMPEOOÓN! —gritamos Daniel y yo, y el perrito aparece como un relámpago al oír su nombre; ese nombre que lleva con tanto orgullo, como si de veras entendiera su significado.

Con Campeón fue fácil sobrellevar a ratos la soledad insoportable que sentíamos Daniel y yo por la ausencia de nuestro tío. La espera fue larga, larguísima, si de verdad quieren saber… Pero al final, Daniel y yo fuimos los verdaderos "campeones" del cuento, porque gracias a nuestro perrito, nos fue posible vencer el malhumor con que muchas veces suele contagiarlo a uno la tristeza.

Visas de residente

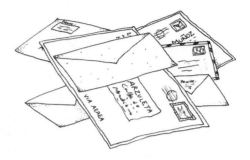

Los problemas de mi padrino se aliviaron como pasa algunas veces en el país, si tienes suerte. En el debido momento, se pusieron las cartas sobre la mesa: el abogado de mi padrino demostró su inocencia y el error de inculpar a un hombre que durante toda su carrera había demostrado buen tino y honradez y que, tal vez, sin saberlo, en alguna decisión importante se hubiera equivocado.

Después de asignarle una multa monetaria exagerada por gastos de papel sellado y qué sé yo qué otras insignificancias, lo pusieron en libertad el viernes por la noche, sin ni siquiera notificar a la familia Arzuleta o Muñoz, ni tampoco al abogado. Lo dejaron tirado en el mismo barrio maleado donde anduvimos mi tía y yo, con tan sólo unas monedas para hacer una llamada telefónica desde la tienda de abarrotes. Teófilo contestó el teléfono y dio tal grito de alegría, que éste aún resuena en mis oídos.

—¡Doña Rebequita, don Samuel está libre! ¡Ya salió, pues,

241

del bote!

Esa noche inolvidable, tan rebosante de gritos, saltos y abrazos, Teófilo y mi tía Rebeca tomaron un taxi hasta el cerro de la Asunción y, con un último suspiro, mi padrino dio su primer paso a una vida mejor... Llamaron esa misma noche a un doctor amigo para que lo revisara. Felizmente lo encontró bastante bien, aunque un poco demacrado y sumamente delgado; por lo pronto, no había señas de ninguna enfermedad o infección. Recomendó el doctor unas buenas vitaminas con suplementos de calcio y hierro, un caldo de pollo algo ligero, un baño de tina bien caliente y abundantes muestras de amor. También esa noche había otra sorpresa esperando a los esposos Arzuleta y a la familia Muñoz: ¡las visas de residente!

Durante los seis meses que mi padrino estuvo en la cárcel, mi tía y yo habíamos ido infinidad de veces a hacer las enormes colas a varias embajadas, para apurar el proceso de unas visas para viajar al extranjero. Mi padrino, que siempre preveía por su familia y hasta pareciera sabio conocedor del futuro, se había adelantado a los hechos: desde hacía más de cinco años había iniciado el largo y complicado proceso para obtener las visas. Había solicitado visas de residente para él, mi tía Rebeca, Daniel, mis abuelos y yo en la embajada de los Estados Unidos. Por si acaso, también había solicitado visas en la embajada de España y una visa de pequeño empresario al gobierno canadiense. Esto sería, por supuesto, lo último a escoger porque Miami e incluso Nueva York se sentían mucho más cercanos que Vancouver, Toronto o Madrid. Además, Miami, con su ajetreo tropical y sus lindas playas bordeando esa ciudad incansable de bullicio internacional, sería a lo largo mucho más fácil para adaptarse.

—Nos parecerá casi como estar en el barrio a la vuelta de Mendiburo —inventaba mi padrino.

—Te va a fascinar el mar, Marifer —alentaba mi tía Rebeca para que yo tuviera una ilusión.

Otra ventaja a nuestro favor, decían mis tíos, era el idioma, porque en el sur de la Florida desde algunos años atrás, el castellano se mantenía tan firme como el sol.

—El crédito se lo llevan en gran parte los cubanos, que hicieron hasta lo imposible por mantener su idioma y su cultura. Es por eso que ahora el español, sin ser el idioma oficial, se escucha por todas partes en Miami, con dejos del Caribe, Sur América, México y América Central. Una mezcolanza de acentos, donde también el nuevo dialecto spánglish, ya no se olvida jamás —me explicaba mi padrino, porque él había viajado muchas veces a la Florida y tenía varias amistades en Miami.

Mis tíos habían decidido que con la horrenda experiencia, un cambio de aires nos vendría bien a todos. Los sobres que se abrieron esa noche en la casona anunciaban las visas de residente para los Estados Unidos. Nos cayeron como un milagro del cielo, un milagro que nos sorprendió para confirmarnos nuevamente, como dijo mi tía, que sí de veras hay un Dios que no nos desampara.

—Algunas veces tarda, Marifer, ¡pero nunca falla!

La despedida de Josefina

Aunque había sido protagonista de todo el proceso de las visas y demás, el viaje a los Estados Unidos me tomó de sorpresa. Nunca pensé que ese viaje se haría realidad y que tendría que dejar mi adorado Mendiburo, y mudarme a otra ciudad por más atractiva que ésta fuera. Un amigo banquero de mi padrino lo conectó con otro banquero de Miami y, en menos de un mes, le aseguraron a *Mr. Arzuleta* un trabajo como gerente general de un banco en Brickell *Avenue*. Con el lío de la cárcel salió a relucir el cambio campechano de su nombre de Saoul a Samuel, cambio que nunca se había hecho oficial, y el juez que dictó su salida le obligó a firmarse nuevamente como Saoul, hasta que arreglara sus papeles con todas las de la ley. Por cuestiones de tiempo, de tantísimos preparativos, pasaportes, pasajes y un sinfín de detalles del viaje, tuvo que quedarse nuevamente con su nombre de pila, el cual, le aseguró mi abuelo, sería algo más en su beneficio, porque en el mundo bancario internacional que controlaría desde Miami, ese nombre tan fuera de lo común le daba una cierta distinción.

—Saoul es un nombre que pega muy bien en los Estados Unidos —le confirmó mi abuelo.

—Como usted diga, don Alejandro —le contestó con respeto

mi padrino, aunque todavía él no estaba seguro si ése era el trabajo que le convenía…

Mis tíos no querían tomar una decisión precipitada, así que aún no estaba del todo claro a qué lugar de los Estados Unidos nos mudaríamos, ya que ellos querían contemplar las diferentes posibilidades y lo que sería mejor para nuestra familia, por eso estaban considerando una opción más. Y es que otro amigo, un hotelero que vivía en el suroeste americano, le había hecho también otra oferta de trabajo.

—Estoy a tu disposición, Samuel, si lo de Miami no resulta, no dudes en comunicarte conmigo en Santa Fe, Nuevo México —ofreció el amigo.

Este buen amigo le contó también que aunque Santa Fe es una ciudad pequeña, la rodean bellas montañas que se cubren de nieve en el invierno. Le habló que allí las nubes se enredan con los montes como si fueran hilos de un mismo telar, tan juntitos están cielo y tierra: a Santa Fe llegan turistas de todas partes del mundo para disfrutar de sus encantos, dijo. También mencionó que en esta ciudad existe una plaza colonial detenida en el tiempo, atiborrada de innumerables galerías de arte y de museos, y le habló de su singular arquitectura que encierra secretos olvidados por los nativos, que a su vez se mezclan con una rica herencia hispana. Lo pondría al manejo de uno de sus hoteles y le ofreció empaparlo de todo lo que concernía a este negocio.

—No hay que cerrarse nunca por completo las puertas —anunció mi padrino—. Por el momento, parece que lo de Miami sigue en pie… pero ya veremos. La oferta de Santa Fe suena formidable, también.

La Chepita casi se muere de la pena cuando le di el notición.

—¡Voy a extrañarte mares, Marifer!

—No es para siempre —le aseguré tratando de consolarla, sin percatarme de que mis ojos estaban a punto de estallar, porque yo misma no creía lo que le decía.

Y después de llorar ambas lagrimones de verdadera amistad, nos juramos y rejuramos no olvidarnos jamás de todo lo vivido en Mendiburo, de mandarnos muchas tarjetas y fotos, y de escribirnos siempre. Incluso podríamos comunicarnos por correo electrónico, porque la Chepita ya sabía usar la computadora de la biblioteca que le quedaba muy cerca de su casa.

La Chepita me ha regalado su más reciente diseño con el cual he vestido a mi *Barbie* favorita.

—Quédate con todas mis otras *Barbies*, para que las sigas vistiendo de ti, Chepita —intenté animarla.

Lo cual no era nada nuevo, porque desde hacía años ya estaban todas en su posesión, también porque desde hacía mucho, esas muñecas tan estiradas eran sólo maniquíes para las creaciones de la próxima diseñadora famosa que será mi Chepita. Y saben: su nombre verdadero es Josefina, increíble pero recién me entero. Le he dicho que ese nombre me encanta, que es muy distinguido y que ya suena a fama.

Esta noche, las dos tiradas en la alfombra del cuarto del refugio, nos hemos permitido soñar despiertas una última vez: imaginamos etiquetas en los vestidos de sus modelos que leen "Diseño exclusivo de Josefina *Fashions*".

La Chepita se ha quedado con casi toda mi ropa de invierno, mis zapatos y mis cuadernos de inglés; también le he juntado todos los retazos del costurero de mi tía Rebeca y, por último, nos hemos repartido las fotos donde aparecemos juntas.

—¿Y Campeón? —me pregunta algo preocupada, porque mi amiga sabe que adoro ese perrito.

—También se viene; dicen que es un papeleo complicado, hay que ponerle no sé qué tantas vacunas, pero mis tíos ya dijeron que sí puede viajar con nosotros.

—¿Y tus abuelitos?

—Ellos prefieren quedarse en la casona, dicen que ya están muy viejos para tanta mudanza y que así tendremos un motivo más para regresar a Mendiburo, pero ya nos prometieron llegar a visitarnos para Navidad.

Y con besos, abrazos, más lágrimas y más besos, me despedí de la próxima gran diseñadora de ropa: *my sweet* Josefina, la anterior niña sin zapatos que ahora, cargada con una maleta inmensa, tenía trajes y zapatos hasta para regalar.

—Adiós, Chepita de mi alma —lloro otra vez cuando ya no está....

El cuaderno de fino cuero

Ya todo el mundo en Mendiburo está enterado de que nos vamos; se han pasado la voz amistades y parientes, y en la casona no deja de sonar el timbre y el teléfono. La mitad de las chicas de mi clase del colegio La Sagrada Familia han desfilado por acá para despedirse. Y eso que estamos en vacaciones de verano y nuestra partida no se le ha anunciado a las monjas ni a nadie de la escuela, oficialmente.

Anoche se apareció mi prima Mariluz con un precioso cuaderno forrado de un cuero muy fino, donde ha mandado a grabar mi nombre en relieve.

—Para que lo llenes de dibujos y escribas bastantes cuentos, Marifer. Y esto es para que aprendas muchas palabras nuevas cuando llegues a los *United States* —dice, entregándome también un pequeño diccionario español-inglés.

—¡Está lindo el cuaderno! Gracias, Rayi... digo, Mariluz, es que todavía no me acostumbro a llamarte así, ¡muchas gracias!

—Me han contado que te ha dado por escribir... ¿Por qué es que de repente escribes tanto, Marifer? —pregunta la curiosa de mi prima, tomándome por sorpresa.

—Humm... no sé, mi tía Rebeca dice que me contagié de la

misma fiebre que ella, o que me picó el mismo mosquito, qué sé yo...

—¿Y eso?

—La verdad no lo sé. Yo también le hice la misma pregunta a mi tía Rebeca hace poco, y me dijo que ella escribía para poder siempre recordar, porque el presente no se está quieto jamás, y que por eso hay que tenerle mucho cuidado a los ventarrones del olvido, que se lo llevan todo, hasta los recuerdos...

—¿Todo eso te dijo?

—¡Y espérate, que hay más! ¡El "testamento" no se acaba ahí! También me habló de la monjita de su colegio que le enseñaba los versos de José Martí...

—¿Qué tiene que ver esa monjita con todo esto?

—Tiene que ver, porque parece que esa monjita fue la que le metió hartas ideas a mi tía en su cabeza cuando ella era chiquita —le contesto y luego le cuento el resto de la historia.

Y es que la pequeña Rebeca adoraba a la monjita, pero la santa mujer sin querer le metió mucho miedo, porque hasta le dijo que la escritura era un "arma" muy poderosa, y que por eso debía tener mucho cuidado con lo que dejara escrito; que no se atreviera a escribir nada, absolutamente nada que pudiera de alguna manera comprometerla; también le dijo que cuando escribiera no se olvidara de honrar a sus antepasados y que, de paso, aprovechara y quedara bien con Dios.

—¡Imagínate decirle todo eso a una niña minúscula! —observa mi prima cuando termino de contarle en detalle la historia.

—¿Ahora te das cuenta? Mi pobre tía... con razón por tanto tiempo sólo escribía a escondidas.

—¡Uau, tienes razón! ¡Tu pobre tía, Marifer! —exclama mi prima, que se ha quedado con la boca abierta por todo lo que le cuento.

Y ya no quiero cansarla con más explicaciones... Si supiera que mi abuelo Alejandro asimismo por muchos años aconsejó a mi tía, y mi cabeza también está repleta de sus consejos: me dice que escribir es importante para dar a conocer a otros lo que uno sabe, pero que a su vez es bueno escribir lo que el corazón dicta. También dice que hay muchos escritores que sienten una necesidad loca de escribir, como si las palabras les quemaran por dentro; sin ellos no existiría la literatura, dice.

—¿Y tú, Marifer? —pregunta otra vez mi prima—. Todavía no me has dicho por qué escribes tanto.

—¿Yo? Yo sólo escribo porque me gusta...

—Estoy segura de que algún día vas a llegar a ser una escritora a todo dar, aunque no sepas por ahora por qué rayos escribes.

—¿Tú crees...?

—¡Éntrale con ganas, Marifer!

Y le agradezco nuevamente su cuaderno de fino cuero y el diccionario, y nos despedimos como se despiden las buenas primas; ella asombrada con mi madurez repentina y yo un tanto asustada, porque nunca me había sentido tan halagada por alguien tan inteligente como mi prima Mariluz, ni tampoco me había puesto a pensar que algún día de verdad podría llegar a ser una escritora…

—¡Gracias, primita, por darme aliento!

Flor de lentejas

La Balta también se va. Dice que ahora que está mayor, ya estuvo bueno eso de ser sirvienta. Mis abuelos, generosos y agradecidos por tantos años de servicio, le han ofrecido un cuartito en la casona para que entre y salga cuando quiera, aunque ya no desee ser la cocinera oficial y se vaya a vender sus dulces al barrio de La Merced, en la calle Mercaderes o en la Avenida Libertador, o donde más le convenga. Ella dice que lo pensará, que está muy buena la oferta y que, de todas maneras, como la lora va a quedarse en la casona y ella no puede vivir sin su pajarraco, Dios mediante ya regresará; por ahora, sólo se irá unos días al puerto a visitar a su cuñada.

Antes de irse, la Balta ha venido a despedirse. Me ha traído de regalo un mandilito de algodón todo bordado a mano, para que cuando guise no me ensucie mi ropa, dice. Tan lindo está, que lo que no quisiera ensuciar es el mandilito.

—Porque en la tierra de los gringos, niña, me han dicho que nadie se salva de cocinar, o si no, tienes que comer de purititas latas —me lo dice al oído como si fuera un secreto.

—Ay, Balta, ¿no sabes que también existen las pizzas y las hamburguesas? —contesto bromeando para fastidiarla un poco.

—También deso se harta uno, niña, ¿o no?

—No sé, tal vez… —le digo con nostalgia, porque ya sé lo mucho que me engríe mi negrita picarona, y porque también sé que voy a echar de menos sus comilonas, y de seguro voy a cansarme de comer las dichosas hamburguesas.

—Y mi niña, ¿me va a extrañar, aunque sea un poquito, pues? —pregunta al final.

—¡Claro que sí! —contesto llorando y abrazándola fuerte; su piel morena oliendo todavía a vainilla con toques de limón, porque ya descubrió que con este cítrico se realza mejor el olor a postre.

Y para que la Balta se vaya más tranquila, le prometo recordarla con cada ajo y cada cebolla que pasen por mis manos, y usar todos los días el lindo mandil que me regaló.

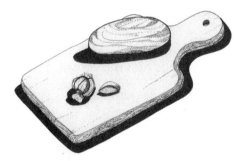

Esa misma noche tocaron a mi puerta mi nana Peta y Teófilo: era nuestra última noche en Mendiburo porque a la mañana siguiente ya partíamos. A mi nana, mis tíos le están gestionando también su visa, porque ella es como otra madre para mí y la necesito cerca. Lo malo, dice mi tía Rebeca, es que eso va para largo… Mi nana, con su sonrisa de plata, se ha aparecido con un cuadrito de madera donde está enmarcada su famosa receta de la mazamorra de arroz. También trae un frasquito con su fragante agua de violetas, la cual todos ya sabemos que es el ingrediente indispensable para dormir bien…

—Niña, te vas y me dejas como flor de lentejas: ¿a quién daré mis quejas?

—Al ratón sin orejas —con las justas le contesto, porque siento que la voz se me apaga.

Y Teófilo, mi Teíto adorado, trae en sus manos dos cajas bien empacaditas, una dice Arita, la otra dice Mendiburo; son los dos pocillos: el de su amigo muerto y el que hiciéramos juntos esa tarde en el jardín.

—¡Éste sí! ¡Éste no! —digo emocionada por su gesto tan generoso.

Y le dejo en sus manos nudosas su valioso tazón arita: me quedo con el mío, el tosco de puro barro.

—Los dos son pa' usted, niña —porfía mi Teófilo.

—Si me llevo éste también, ¿cómo vamos a adivinar nuestra suerte, Teíto? Tú eres el único que sabe descifrar los reflejos de los rayos del sol, lo necesitas tú más que yo, si no, ¿cómo vas a consultar con Kotaro-*san*? De veras no puedo... ¡es tu tesoro!

—Entonces, mejor déme un abrazo, niña —dice con sus ojos oscuros que ya son charcos enlodados.

—¿Me das, tú, tu bendición, por fa'? —le pido abrazándolo de todo corazón.

Sentí con su abrazo su protección eterna, la que siempre llevaría conmigo...

Y también abrazo muy fuerte a mi nana, mi india bondadosa y tierna, que aún llora sus lágrimas de selva...

—Niña, mi niña, pues ¿por qué se me va tan lejos...? —solloza inconsolable mi nana ya sin aliento.

Y lloro yo aún más, porque dejo de veras a mi flor de lentejas, que va a extrañar muchísimo a su ratón sin orejas....

La gaviota peregrina

Tarde esa noche, cuando las nubes ya dejaron de lloriquear, voy a la torre de mis abuelos con Campeón en mis brazos. Me espera despierta mi abuelita con mi antiguo libro de lectura, donde me enseñara el *ma, me, mi, mo, mu*: mi primera victoria. Me besa casi sin fuerzas y me da mi librito para que me lo lleve de recuerdo, me entrega también un envase de plástico con su famoso dulce de leche, acabadito de hacer.

—No quise dejarlo en la cocina para que no se me olvidara, Marifer, ya sabes cómo tengo mi cabeza últimamente. Además ahora en esos aviones, dicen mis primas, te matan de hambre.

—Sí, ya sé, sólo te sirven puritas bebidas, ¡gracias, abuelita!

—Ah, y déjame darte de una vez, hijita, esta carta de tu tía Lucrecia, también te ha mandado una lista de libros que te sugiere consigas cuando llegues a los Estados Unidos. Dice que leas, cuando puedas, literatura cubana y chicana, y que te manda un beso… y que este pergamino te lo ha mandado a hacer con muchísimo cariño.

Ay, qué tía esta… ya me voy y todavía sigue mandándome deberes, pienso.

Quiero abrir mi bocota para quejarme con mi abuelita, pero no puedo, porque en ese momento ella me enseña el precioso pergamino color hueso viejo, que parece salido de la plena Edad Media; con sus letras doradas dibujadas en caligrafía, como si los mismos monjes me lo hubiesen grabado en su convento hace cientos de años. Mi tía, la ya menos enojona señora Lucrecia Durán Palacios de Armendaris, ha mandado a que copien en ese pergamino la última estrofa de la poesía "A Margarita Debayle" de Rubén Darío. Emocionada por este amoroso gesto, leo la famosa despedida:

Margarita, está linda la mar,
y el viento
lleva esencia sutil de azahar:
tu aliento.

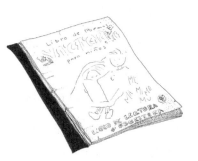

Ya que lejos de mí vas a estar,
guarda, niña, un gentil pensamiento
al que un día te quiso contar
un cuento.

Me llega al alma este poema que por fin tiene un verdadero sentido para mí. Después, mi abuelo, que acaba de entrar, me da otro sobre cerrado y conmovido me abraza y me besa...

—Se me va mi bastoncito, mi adorado bastoncito... —me dice con la voz entrecortada.

—Me voy sólo por un tiempito, abuelito, pronto vuelve tu bastoncito —le hablo como su consentida que soy y, mientras, trato de abrir el sobre...

—Es para que lo leas luego, María Fernanda —dice y se voltea para que no vea sus lágrimas, porque él es de esa escuela donde le han enseñado que los hombres nunca lloran...

Dejo la torre con los ojos hinchados: una princesa agradecida cargada de dulce y dulces recuerdos, dejando atrás a mis amorosos abuelos, asegurándoles que les hablaría todas las semanas y también que los vería muy pronto.

La noche estaba más bella que nunca. Bajo la luz de una luna llena, con el cielo enorme descansando en mis espaldas, en la escalera torcida me siento en el primer escalón para abrir el sobre de mi abuelo. Primero encuentro una foto sepia pequeñita de un barbudo bigotudo que creo reconocer, y atrás del retrato hay un escrito: "Tu tío bisabuelo, el poeta". Después, con su puño y letra en otro papel, mi abuelo me ha copiado su poema favorito...

La gaviota entre rocas forma nido,

allí nacen ocultos sus hijuelos,

oyendo de las olas el bramido

y viendo el mar tendido,

como espejo movible de los Cielos.

Cuando saben volar, con ansia loca,

recorren la extensión del mar profundo

y nadie sabe si anidar les toca,

aparte, en otra roca,

en otro mundo.

Así los hombres son, así trabajan,

son aves en continua lucha,

semillas que del árbol se desgajan:

peregrinos que viajan,

por la ancha superficie de la tierra.

Emiliano Niño

"El poeta con alma y corazón de un niño", escribe mi abuelo, "…guarda este poema, María Fernanda, para que te recuerdes siempre de mí; sobre todo, para que nunca te olvides de dónde eres…"

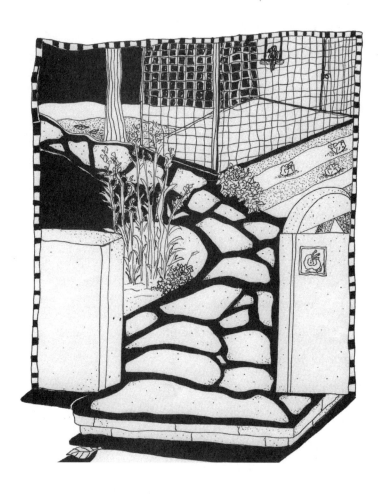

Un último adiós

Cuando niña yo vivía
En un jardín encantado:
Era grande como el universo,
¿O es que era el universo entero
Todo mi jardín?

María Fernanda

Tenía que visitar por última vez mi jardín encantado: abrí la pequeña puertecita por donde tantas veces pasé para llegar al huerto de mi abuelo. Con Campeón aún en mis brazos, miré a lo lejos las jaulas del tucán Luis Pepe y de la lora. Después me acerqué para que me sacara de mi cabeza un "piojito" esa lora altanera, porque sospechaba que extrañaría ya a su Balta que tanto la mimaba y que por unos días no iba a llegar. Oí de repente el sollozo de esa madre que llora por sus hijos en la poza encantada, y persignándome como siempre al pasar por la covacha al fondo del jardín, los amores secretos de Teófilo me cantaron una canción de despedida.

Llevo ya puesto el collar de perlas de mi madre, y en mi maleta, ya empacado, el retrato de mi padre que aún espero... Me

263

distrae Campeón con sus saltos juguetones y me espera detrás de los bambúes, mascando la pelota de fútbol de Daniel, que hace rato se durmió, descansando con mis tíos para el viaje que será largo.

Luego corro hasta el inmenso árbol de mora, donde bajo el cielo escarchado con un sinnúmero de planetas y estrellas, escribo, como una súplica inútil, el bosquejo de un último poema…

Si cuando canta el mar,
un suspiro entre las olas
se le escapa, fugaz;
díganle que yo:
no lo pienso olvidar…

Una sonrisa, años atrás
y un gemido triste
se oye sin cesar;
un adiós a la patria,
un tiempo que pasó,
y nuestro mar… ¡lloró!

Y firmo: *María Fernanda de los Altos Muñoz*, la chica de Mendiburo.

Por mucho tiempo un recuerdo rondará en mi pensamiento, por mucho tiempo —y no sé cómo evitarlo— la casona de Mendiburo andará dándole brincos a mi corazón....

Agradecimientos

Quisiera agradecer a las siguientes personas, ya que las experiencias vividas con ellas a través de los años y, a su vez, las lecciones aprendidas, fueron una fuente inagotable de enseñanza que me surtió de consejos eternos y que inspiraron muchos de los fragmentos de esta historia.

A mis padres Lope de la Viña Delgado C. y Lucía González de Delgado, por su amor inmenso

A mis abuelos Lope de la Viña Delgado R. y María Castillo de Delgado, por sus sabias reflexiones

A mi padrino Raúl Arrieta, por contarme sus sueños y llenar mis días de magia, y a mi tía Bertha Castillo de Arrieta (mi segunda mamá), por los años de bondad y por su amor incondicional

A mi maestra de literatura: la Dra. Florinda Álzaga, por mostrarme el camino

A todo mi "té de tías", en especial a Nelly Morales de Francis, por escucharme infinidad de veces

A mi hermano Lopito, por "soplarme" desde el cielo las ideas, y a mi hermana Marita (María Delgado-Hachey) y a mi hermano "chiquito" Rafael E. Delgado, por el cariño y los recuerdos lindos de nuestra infancia

A mis primos y primas, agradezco en especial a Ana María Tenenbaum de Reátegui y a Charito Delgado, también por los recuerdos y el cariño

A Josefa Nolte y a Rossana Maccera de Alayza, por la investigación del poema de Valdelomar y el Cantar de Roncesvalles, y a todas las "chicas" del CRA'70, Lima, Perú, por la bella amistad de tantos años

Y no me olvido de las personas de condición humilde, esas almas fieles que llenaron de riquezas infinitas mi corazón de niña, algunas cuyos nombres no recuerdo, o tal vez nunca los supe.

Por último, doy gracias a las personas más importantes de mi vida, a mis hijos Fernando, Mariela, Eduardo y Claudia y a mis tesoros más pequeños, Andrés y Logan, por su apoyo y entusiasmo, y sobre todo, a mi esposo Raúl, por creer siempre, pero siempre… ¡en mí! ¡Muchísimas gracias!

—Adalucía

Adalucía Delgado de Quan nació en el bello barrio de Miraflores en Lima, Perú. Es la autora e ilustradora del libro educativo de cerámica: *The Magic of Clay.* Cursó sus estudios de arte, literatura e idiomas en *Barry University* y *Florida International University*, Miami, Florida. Su logro más reciente es su maestría en Educación Artística de *University of New Mexico*, Albuquerque, Nuevo México. Nuestra autora es maestra de español en *Santa Fe Community College* en Santa Fe, Nuevo México, EE.UU., donde reside actualmente con su familia. Adalucía es una artista en todo el sentido de la palabra: dibuja, pinta y disfruta creando esculturas y vasijas de barro donde inscribe sus poemas.

www.adalucia.net